古川日出男

Hideo Furukawa

グスコーブドリの太陽系

宮沢賢治リサイタル&リミックス

Kenji Miyazawa Recital and Remix

新潮社

目次

装画　秋山花
装幀　新潮社装幀室

グスコーブドリの太陽系

宮沢賢治リサイタル&リミックス

二つの「はじめに説明したいこと」

宮沢賢治と向き合うには肉声が大事だ、と思っていた。もちろん、いちど声に出した（というか出された）のならば、後はマイクに通されようが録音されようが、かまわない。しかし最初の最初は生の声だ、と私は確信していた。他にやりようがない、と。

二〇一一年以降の私にとっては、だ。

それで、その年の夏に朗読会で賢治を読んだら、物事がほとんど唐突に動き出し、詩人の管啓次郎さんのプロデュースでもって賢治詩の朗読を収めるCDブック『春の先の春へ』を刊行することになり、その管さんと音楽家・小島ケイタニーラブくんと組んで朗読劇「銀河鉄道の夜」を上演することになった。これらが同年の暮れまでに起きた。朗読劇の脚本は私が書いた。

ここまでは〝リサイタル〟という言葉の古い定義に従っていた。すなわち――一人の作曲家の作品のみの演奏、だ。賢治の詩や童話を、つぎつぎ演奏する。が、本当にそうだったのか?
いま、朗読劇「銀河鉄道の夜」の第一稿をひっぱりだすと、冒頭にこんな台詞がある。

僕は語り手ですから宮沢賢治です。今日はクリスマス・イブですが、この劇ではハレルヤは鳴りません。僕は本当の本当の神さまのことを語るために、ハレルヤを〈ハルレヤ〉と書きました。それが童話といいますか物語の、「銀河鉄道の夜」です。
このことは憶えておいてください。

(二〇一一年十二月二十四日　渋谷・SARAVAH東京での上演版脚本より)

こうした語りからスタートする劇が、単純に「賢治の原作をそのまま再現する」はずもない。脚本は、その後も幾度もの大幅な手入れを経、そうしたことは現在も続いているのだけれども、ひとまず二〇一三年秋にCDブック『ミグラード』にその時点での決定版が収録された。そして、その同じ時点で、もう翻訳家の柴田元幸さんが朗読劇「銀河鉄道の夜」のエッセンシャルな構成員になっていた。
柴田さんは、一連の私(たち)の活動が賢治〝リサイタル〟であるのと同時に、そこから堂々と――「大胆に」ではない――逸脱するものであることはとうに了解済みで、だからこそ、なのだが、ご自身が責任編集を務められる文芸誌「MONKEY」の創刊に当たり、この雑誌で「賢治リミックス」をやるのはどうか、と尋ねられた。やるというのは、私が、である。この〝リミックス〟という言葉は、あらゆる挑戦を意味していた、というか、指し示していた。すなわち「堂々と逸脱し、ゆえに真摯に演奏する」である。

その連載を、私は二〇一三年十月から二〇一八年十月まで続けた。じつに、丸五年だ。

以上が「はじめに説明したいこと」の一つめである。

二つめ。単行本化するに当たって、執筆＝掲載順でいいとは思えず、私は頭を悩ませた。「MONKEY」では毎回、それぞれのエピソードに原稿用紙に換算して十枚ちょっとを費やした。これは一種の制限であり（連載のフォーマットであるから当然だ）、サイズ感が揃っていることはある種の読みやすさにつながる……はずだったが、私は途中から〝読み切り形式〟を排し、「グスコーブドリの伝記　魔の一千枚」なる計十回の連作に手を着けてしまった。サイズ感がぜんぜん揃っていない。また、これは執筆を続けながら思ったことだが、賢治作品には〝リミックス〟を心がけたところで結局は〝リサイタル〟に着地する、せざるをえないような勁《つよ》さがあり、その意味でも配列は考え直したかった。

配列、と考えると、そうか……それこそ惑星の、とも連想した。

「セロ弾きのゴーシュ」という童話内で、主人公ゴーシュは金星音楽団に所属している。私は、ほらここに一つめの惑星が、と思った。そして、太陽系、と思った。その系《システム》は太陽系だ、と。

配列の系《システム》は。

かつて我が太陽系には九大惑星があった。いまは八大である。なぜならば冥王星が二〇〇六年に準惑星に格下げされたからだ。私は、「ＭＯＮＫＥＹ」誌の連載で十枚ちょっとの小評論というのを発表していたが、しかし今回、単行本には収めないことにした。これは本物の冥王星――その公転周期は約二百四十八年――に敬意を表して、である。

ところで公転だが、惑星や準惑星はなにを中心に周《まわ》るのか？

当然、我が太陽、である。これは我が太陽系の話なのだから。

では、その我が太陽系で、太陽（なる天体）はどれほど抜きんでるのか？

このことは、太陽系の全質量の九九・八七パーセントを太陽が占める、と解説すれば足りる。

さて冥王星が準惑星になってしまったから、我が太陽系のもっとも外側にある惑星は、いま、海王星である。そこから順々に太陽に迫る、という配列を私は試みた。――巨大な太陽に相当するのは？　収録（予定）作中、もっとも枚数＝質量を有した「グスコーブドリの伝記　魔の一千枚」、これで決まりだ。

つまり、この本は、グスコーブドリの太陽系なのだ。

決まりだ。

私は、この太陽系をもって、宮沢賢治を歌い、また逸《そ》れに逸れながら演奏し、それからまた、宮沢賢治と語り合う。

そういうことを、してみます。

海王星

「銀河鉄道の夜」の夜

Neptune

駅をつくれば父さんが生き返るんだと知って、ぼくたちは二人で山をのぼった。

ぼくと兄さんは山をのぼった。

坂道だ。兄さんの背中はかがんでいる。

でも、坂道じゃないときにもかがんでいる。

それは兄さんが、父さんに似ているからだ。父さんの背中はかがんでいた。

そして、きっと兄さんは、もっともっと父さんに似るんだ。だって赤鬚《あかひげ》が生えはじめている。父さんもそうだった。父さんも赤鬚のひとだった。兄さんは、まだ十九だから、そんな鬚もちょっとだ。けれどもぼくは知っているんだ。兄さんのそんな鬚がいつか……いっぱいに、いっぱいになるんだって。

ぼくにも生えるだろうか？

ぼくも、赤鬚の男になれるだろうか？

鳥捕りの名人として知られるような、そんな顔に？

「ぼくにはわからない」

「なんだって？」

兄さんがきいてきた。ぼくは、いつのまにか、声に出していた。まただ。思ったことを口にしてしまう。また悪い癖だ。ぼくはこんなふうだから、いつまでも十歳なのだ。兄さんが十九歳になったときに十歳、十八歳になったときには九歳、十七歳になったときには八歳。ぜんぜん、差をちぢめられない。兄さんが二十《はたち》になるときに、ぼくは十五歳になれればいいのだけれど。

「なあ、なにか言っただろ？」

「まだ着かないの？」とぼくはきいた。

「疲れたのか？」

「まさか」

「よし」と兄さんが言うのがきこえて、ぼくは、ほめられたぞと安心する。すこし、自慢っぽい気もちが湧く。「お前はな、歩幅のことを考えるんだ」

「ほはば？」

「歩く幅だ。それから、姿勢をな、こう、ちょっと前傾させろ」

「ぜんけい？」

「前のほうに倒すんだ」

「ほはば。ぜんけい」ぼくは繰り返す。忘れないように。

「そうだ。呑み込みが早い。そうすると、おんなじ力でな、疲れないでのぼれる。お前が、、、のぼる」

「うん」とぼくは言う。

ぼくは頭のなかで繰り返す。ほはば。ぜんけい。忘れてしまわないように。父さん、兄さん。忘れてしまわないように。

ほはば。父さん。ぜんけい。

「じきさ。じきに駅が準備できる場所に出るさ」兄さんは言った。「この俺は山の秘密をだいたい知っているからな」

「うん。兄さんは知ってる」

「猟でおぼえたからな」

「狩りで」とぼくは言った。

「俺だって鳥をつかまえる商売をするんだから」

「ねえ兄さん?」

「なんだ?」

「ぼくね、ぼくって父さんのことね、おぼえているのかな?」

「お前は、猟に、つきそえるような齢《とし》になっちゃいなかった。だからお前は、あんまりおぼえていないのかもしれないな。だからお前は、詛《のろ》いも受けていないさ」

「のろいって？」

「まだ、殺してないからな」

「そうか。呪詛《じゅそ》」

ぼくは言った。ぼくは、呪詛、という言葉ならば知っている。八歳でもうその漢字を——二つ——書けるようになった。

「でもね、ぼくね」

「うん？」

「いつかね、父さんのようになるよ。ぼくね、いつかね、兄さんのようになる」

「なるのか？」

「なりたい」

「そうか」

兄さんは黙った。でも、ぼくは知っている。兄さんはきっと、ぼくに狩りを教えるって。ふいに兄さんが足をとめて、ぼくは理由《わけ》もきかずに従う。おんなじふうにとまる。日没まで一時間もないのに、兄さんは、太陽の真下にいるみたいに目がするどい。けれどもいまは動かしているのは目じゃない、動かさないでも動いているのが、兄さんの耳だ。

何かをきいているのがわかる。

きこえているのがわかる。兄さんの耳に。

「ちかい」と兄さんはささやいた。

「……ちかいの？」ぼくもささやき返した。

「ああ。鳥はな、ちがう鳴きかたをするらしいぞ。賢治さんが言うにはな」

「たとえば、なにが、どんな？」

「いまも俺にきこえるんだが……」

「ほんと？」

「ころん、ころん、って。水が湧いているように、ころん、ころん、ころんって。お前にはどうだ？」

「あ……きこえる……」

「あれはな、鶴だ」

「鶴が、あんなふうに？」

「銀河ではな。銀河に翔《と》んでいる鶴は、あんなふうにころんころん鳴くって言うぜ」

「ここ、もう銀河なの？」言いながら、ぼくはちょっと身震いした。

「まさか。ここはただの山だ。俺の山だし、俺がいろんな猟場を父さんに教わった——譲りうけた山だ。銀河などで、あるもんか。そもそも俺たちは、そこには行けない。でもな、どんな山にも、もしかしたら里にも、隣り合わせなところはあるんだ。ほんの隣りっていうか。ここが山なのに、ほんのかたわらに銀河があって、そのあいだが薄いんだ。俺はちゃんと呪詛されてる鳥捕りだから、その薄さにぴったり付ける。触れられる。どこがそこか、はわかるし……」

「ここが?」

「そうだ」

ころんころん、ころんころん、この世のものではない鶴たちが鳴いている。

鳴いているんだ、ぼくにもきこえる。

父さんはもちろん、今もきいている。

「さあ、呪文を唱えろ」兄さんがぼくに命じた。

「鶴」とぼくは切り出した。それから、「雁《がん》。鷺《さぎ》。白鳥」と言った。鶴も白鳥も、ほとんどのひとは獲っちゃだめだ。まして、食べちゃだめだ。えらばれたひとだけの食べ物。それを獲る許可を、父さんは持っていたし、兄さんは持とうとしているのだし、父さんの父さんや、そのまた父さんも持っていた。だいだい持っていた。ぼくは呪文を反復する。

「鶴。雁。鷺。白鳥」

うん、よし、と兄さんが言う。やっぱりここだな、このまま二時間で、駅をつくるぜ、と兄さんが言う。この山中につくるぜ、と兄さんは力強く言って、ぼくに材料やつくりかたを指示する。ぼくだって、この赤髯の生えはじめた兄さんの弟なんだ、十歳にもなっているんだから駅ぐらいつくれる。

必要なのは駅舎だ。それを木と草で。

向かい合った駅舎だ。あいだに線路がおさまる幅の。駅舎の天井と壁も、木と草で。

「そこではな」と作業しながら兄さんが言った。「鳥肉が、お菓子に変わるんだよ」

「お菓子って、甘い、お菓子？」

「そうだ」

「肉なのに？」

「お菓子だから？」

「肉には、呪詛の味がするだろ。それが消えている」

「それが銀河の、鳥肉なんだ」

「ねえ、賢治さんって、そんなことを言ったの？」

「あのひとは変だけどな、あのひとは信頼できる。俺や父さんには、獲物を見透《みとお》す目がある、あった。賢治さんには、町でいちばん、あっちを見透す目や、それから耳、手なんかもある」

「あっちって、銀河？」

「彼岸だ」

「お彼岸の、彼岸。それと兄さん、見透す手って？」

「あのひとは、どうやら彼岸の石を、石っていうか鉱物っていうのか？　それを触《さわ》れる手がある。あっちではな、いろんなものが化石になるって」

「ほんとなの？　兄さん、ほんとだって思う？」

「父さんにきけりゃあいいんだが。まずは父さんを、呼ぼう」

駅が完成する。ぼくたち二人の手づくりの駅だ。ぼくたちはそこに、山中に出現させた駅のまわりの野原のようなところに、すわり込む。待つ。星がきれいだ。ぼくたちの頭上で、空はがらんとひらけている。父さんはな、と兄さんが言った、その列車に乗っている、あいかわらず鳥を捕っている、でもな、さっきもお前に説明したけれど、殺生《せっしょう》された鳥たちの肉は、肉じゃない。お菓子になる。それを父さんは、他人《ひと》に食べさせてる。そのことを、ただ一人にだけ言ったっていうぞ。ぼくは、どんな一人？　ときいた。兄さんは、生きているただ一人、と答えた。死んじゃったひとだけが乗れる銀河鉄道にな、一人だけ、乗ってるんだよ。それをこれから、見るぞ。

「父さんといっしょに、乗っているんだよ」

やがて、待っているぼくたちの駅に、その列車は半透明になりながらすべり込んできた。

「ほら」と兄さんが言った。「見える。あの車室に。ジョバンニって名前の子供といっしょだ」

それが、生きている子供の名前なんだと、ぼくは知り、息をつめ、声を出さないように出さないようにと注意する。

ぼくたちは、死者を邪魔しちゃならないんだ。たとえ生き返っても。たとえ、生き返ったのがちゃんとした父親でも。

息をつめると、父さんの声まできこえる。虫が鳴き、鶴たちのころんころんにとける。

天王星

なめとこ山の熊

Uranus

熊のことばがわかるようになった。

たとえばこんな会話だ。母親と一歳になるかならないような子熊の、二頭がやりとりしている。その母子《おやこ》は淡い六日の月光のなかにいる。遠いものを見ている。向こう側にある谷をしげしげと眺めているのだ。

「どうしても雪だよ」甘えるように言ったのが子熊だ。

「そうかしら」

「だって」と子熊は続けた。「谷のこっち側だけ、白いじゃないの。どうしても雪だよ、お母さん」

「あそこにだけ降ると思う?」

「きっと――」

「きっと、何」

「あそこにだけ溶けないで残った。僕はそう思うな」

「お母さんは思わない」

「思わないの?」

「薊《あざみ》の芽を見に、きのう、あそこを通ったばかりだから、お母さんは思わないの」

その母熊のひと言を聞いてから、小十郎もじっとそっちを見た。月の光は青じろく山の斜面を滑っていた。そこがちょうど銀の鎧のように光っているのだった。子熊が、しばらく経ってから言った。

「雪でなけりゃあ霜だねえ。きっとそうだ」と。

そんな会話を聞いて、小十郎の胸はいっぱいになる。もう、なんだかいっぱいになって、熊が狩れない。

ことばは口から出るのだけれども(熊だってそうだ)、血もまた口から出る。いっぱいに吐かれて出たりする。それについてはあとで語る。いまはもう一つの口のことだ。いや、口を使うもののことだ。小十郎はどうして、熊なんぞ狩らなけりゃならないのか。猟師だからだった。そもそも淵沢《ふちざわ》小十郎といえば、熊捕りの名人として知られた。しかし、それにしたって、どうして熊猟師を生業《なりわい》にしなけりゃならないのか。金が必要だったからだった。金、つまり貨幣というもので口に入れるものをまかなっているからだった。小十郎が齢《よわい》四十の夏に、息子夫婦は赤痢に罹って死んだ。九十になる老母と五人の孫が残された。それから犬も残された。黄色い猟犬だ。熊狩りの供だ。だから小十郎は、熊を狩る。

なめとこ山にいる熊を狩るのだ。

小十郎は、山で栗を採る。畑で稗《ひえ》を穫《と》る。しかし他にはない。米なぞ少しもできない。味噌もない。そのために金が要るのだ。米やら味噌やらをあがなうための金銭が。なめとこ山の熊は、そのために狩られた。この淵沢小十郎に捕られるのだった。

猟師の小十郎は、犬を連れて山に入る。他には山刀を携える。ポルトガル伝来の鉄砲も持った。そして小十郎には口があり、熊たちにも口があった。この口が問題なのだ。ことばを出すところなのに、食べるところである口が、たとえば小十郎とその家族を苛《さいな》むのだ。たとえば熊たちに、小十郎への愛情を語らせてしまうのだ。たとえば人間の暮らす町にことばそればかりを溢れさせるのだ。

私は賢治だが、小十郎のことを書いている。私はこの熊捕りの名人について物語るために、こんなにもことばを必要としている。しかしそのことばが小十郎を苦しめてもいるのだ。私は町のなかほどにある荒物屋での、小十郎とそこの主人との会話を記さないわけにはいかない（本当を言えば、私はこの荒物屋の息子なのだ）。その二人のやりとりを、書いておかなかったら臆病者になる。

「旦那さん、どうも先頃はありがとうございました」と挨拶しながら小十郎は来た。

「はあ、どうも」と荒物屋の主人は答えた。私の父親は答えた。「今日は何の御用です？」

「熊の皮を、また少し持ってきました」

「熊の皮ねえ」

「どうか買ってくださいませんか」

「要らないねえ」

「どんな安値でもいいんです」

「そう言われても」と私の父親は、落ち着きはらって煙管《きせる》をとんとんと掌に叩いて、火鉢の間《ま》に腰を下ろしたまま言った。「この前のも、ねえ小十郎さん、まだ余ってるんだよ」

「ですからどんなに、どんなに安値でも――」

　すると父親は、馬鹿みたいに安い値段を呈示する。すると小十郎は、そんな馬鹿みたいな値段でも喜んでしまう。大きな銀貨が四枚ばかりで満足してしまう。その小十郎の満足感を見てとると、私の父親は上機嫌になる。私の父親は、小十郎に徳利《とっくり》一本の酒を出してやる。塩引きの鮭の刺身や、烏賊《いか》の塩辛も出してやる。小十郎はさらにさらに満足してしまう。

　私はどうしたらいいんだろう。

　私は、小十郎にもものを欲する口があるからしかたない、と認《したた》めるしかない。だが小十郎だって、本当は何も満足していないのだ。それこそ山にいる時は。いよいよ血がいっぱいに吐き出される口のことを書こう。それは熊の口だ。その熊の口は、もちろんことばだって発した。ある年の夏だった。樹によじ登っていたら、その熊は小十郎に見つかったのだ。すぐに鉄砲のその銃口を突きつけられたのだ。犬にだって樹のまわりを烈《はげ》しく回られた。だから熊は、両手をはなして樹から落ちた。その両手を再びあげて小十郎に叫んだ。

「お前は何が欲しくておれを殺すんだ」

「ああ、おれはお前の毛皮と、胆《きも》の他は何も要らない」

「それがどうしても欲しいのか」

「欲しいのはそれじゃないんだ」

「何を言っているのか」

「毛皮と、薬として売れる熊《くま》の胆《い》を町に持っていって銭金《ぜにかね》に換えるんだけれども、それだってひどく高く売れるというのではない。ああ、お前のことは本当に気の毒だ。だんだん本当に気の毒だ。おれはもう、栗だのどんぐりだのだけを食って凌いで、それで死んだら死んだで全然いいように思えてきた」

「二年待ってくれ」

「二年？」

「おれにも、少しし残した仕事があるし、ただ二年だけ待ってくれ。そうしたら二年めにはお前の家の前でちゃんと死んでいてやるから。毛皮も胃袋もやってしまうから」

　これが熊の口から出たことばだった。

　小十郎は変な気がして、じっと考えて立っていた。

　そのあいだに熊は、後じさった。

　それから、歩き出した。だんだんと大胆に歩き出した。もう後ろはふり返らなかった。

小十郎は射《う》たなかったし、犬も吠えなかった。

犬もだ。

二年め、もちろん熊は小十郎の家の前に来て、ある朝、死んでいた。いっぱいに口から血を吐いていて倒れていた。小十郎はその熊を拝んだ。仏様神様を拝むように、小十郎は拝んだのだった。

それでも小十郎はその熊の死骸《なきがら》の、顎から胸から腹にかけて小刀ですうっと裂いたのだし、胆も取ったのだし毛皮も洗って、干したのだし、他なんかは全部捨ててしまったのだった。

私はこんなことを書くのは厭《いや》だ。

それから荒物屋の主人が、この熊の毛皮ですら買い叩いたのだった。

これだって私には、書くのがつらい。

だから私は、最後に、小十郎が迎えた本当のお終《しま》いのことを書こう。本当の本当の最期《さいご》まで書こう。

小十郎はその朝、なめとこ山の白沢の岸を溯《のぼ》り、小さな支流を五つ越えて、小さな滝まで到り着いて、それから長根のほうに登る。犬もやっぱり登る、崖も登る。それから雪がぎらぎら光っている頂上で、いきなり犬が火のついたように吠え出して、すると小十郎は大きな熊に襲われている。小十郎は顔色を変えている。小十郎は鉄砲を射つ、射ったと思った、熊はしかし倒れなかった。

小十郎が頭を撲《は》られて、倒れた。

熊は言った。「おお小十郎、お前を殺すつもりはなかった」

それが熊の口から出たことばだ。

小十郎は答えられなかった。

小十郎もまた口から血を吐いていた。いっぱいに血を吐いていた。また？

小十郎はもう、これからは自分が何も食べないのだとわかった。口はそのためにはないのだとわかった。「熊ども、ゆるせよ」と最後に思ったのだけれども、声にはならなかった。

何かの連鎖が終わった。それは熊と小十郎と人間《ひと》の町との鎖が断たれなければ、終わるはずのないものだった。だから、本当は終わるはずのないものだった。小十郎はその時わかった。ああ、なめとこ山あたりの熊たちは、本当は小十郎が好きだったのだ。

だが、わかった時には死んでいた。

しかし本当の本当の最期は、そこにはない。それから三日めの晩だった。空にはまるで氷の玉のような月がかかっている。雪は青じろい。そして山の上のその平らなところには黒い大きなものたちがいっぱいいる。いっぱい、いっぱい、環《わ》になって。小十郎の死骸を囲んでそこにいる。

いっぱいの黒い大きなものたちは、雪にひれ伏したまま、いつまでも動かない。

土星

風の又三郎たち

Saturn

僕たちは同窓会を開いた。すこし寂《さみ》しい同窓会だった。なぜならば僕たちの通っていたのは分教場で、まあ今の言葉でいったら分校といったほうが通じるのか、とにかく僻地の、いわゆる「本校」ではない学校だったからだ。教室はたった一つ、そこで一年生から六年生まで全員が学んでいた。一人の先生に。思えば、大変だったのは先生であるはずだ。なにしろ一年生と二年生に習字を教えながら、同時に三年生と四年生には算数を教え、五年生と六年生には国語の指導をする——指導を果たさんとする——のだから！　行ったり来たり、行ったり来たり、硯《すずり》と算術帳と国語の本。大したものだ。

残念ながら、その大した先生との連絡はつかなかった。

だが僕たちは、当時最年長の六年生だった一郎を筆頭に、たとえば五年生の嘉助《かすけ》や四年生の佐太郎、三年生のかよ、二年生の承吉、一年生の小助と、ひと通り揃った。他には甲助や五郎や悦治や、きよ、ぺ吉《きち》、耕助、吉郎《きちろう》も。かよは佐太郎の妹だから、まあいっしょに同窓会に出席したのはわかる。でも、これだけ全学年が集結した理由は一つで、僕たちが本気で懐かしんでいたからだ。その分教場を。今はこの地上にない分教場を。

そうなのだ、とうに閉鎖されていた。

だから、あれから三十年が経って、まだ地元に残っていたり連絡がどうにか取れたりする連中を軸に、僕たちはこの同窓会を企画したのだ。

飲み屋に集合する前に、何人かは連れ立って、校舎を見に行った。谷川のほうにだ。谷川の岸に、その、僕たちの小さな校舎はあったから。

「いや、なかったよ」と言ったのは嘉助だ。「悲しいよなあ、取り壊したりする必要、ねえだろうに」

「けど運動場はあった」耕助が言った。

「杉林が育ちはじめてた運動場、な。グラウンドに雑草が繁るんならわかるけど、杉があんなに繁り出すとなあ」と悦治。

「でも、あたし、運動場の後ろに、あの栗の木ちゃんと見つけたよ」と、かよ。

「何、お前、栗の木憶えてんの?」

かよの兄の佐太郎が訊いた。

「もちろんだよ」かよはムッとしたように兄に答えた。

「かよは昔から、頭はいいからなあ」と言ったのは最年長の一郎だ。当時の最年長で、この同窓会でも年頭《としがしら》。一郎は、嘉助の従兄《いとこ》でもある。

栗の木のことはけっこう何人も思い出した。それから、あれを憶えてるか？　これも憶えてるか？　という話になった。僕たちは次第に熱くなった。なにしろ、僕たちの学校は——分教場は——地上から消えてしまっているのだ。だから、ここで思い出すことこそが、その学校の供養なのだ。僕たちは弔《とむら》いのために、じつに意気込んで「思い出し合戦」をした。もちろん校歌は、早々に歌った。合唱した。それから、不思議なことに、誰かが（あるいは誰ともなく）校歌ではないものを歌い出して、しかも、たちまち全員がそれに続いた。声をあわせた——あわせられた。

どっどど　どどうど　どどうど　どどう
青いくるみも吹きとばせ
すっぱいかりんも吹きとばせ
どっどど　どどうど　どどうど　どどう

「どどうど、どどう……って、なんだっけ、この歌？」と嘉助が言った。首を傾げながら。

「いや、俺、ちゃんと歌えるんだけどさ」

「ええと、ええと」と佐太郎とかよと、きよ、ぺ吉。

「嘉助、それは俺たちがきよやかよ、他の学校の奴らに教えたんだ。いっしょに」一郎が言った。

「え?」と嘉助。

「あいつから、最初に俺たちが、教わって――」

「あいつって……あ!」

「な、ほら?」

「うん、そうだ」

そうだってなんだよ? 僕たちは一郎や嘉助に訊いた。しかし、尋ねながらも、その尋ねるそばから、……あ、あいつ! だの、……あ、転校生! だの、そうした声が上がりはじめた。きょとんとしていたのは、当時は低学年だった連中ばかりだった。他は、みな、憶えていた。いや、この瞬間にとうとう思い出したのだ。

「あいつだろ。風の、又三郎!」


その又三郎の苗字が高田であることを誰かが記憶に蘇らせるまで、ずいぶんかかった。平均で言って生ビールの中ジョッキ二杯分を呑む時間がかかった。しかし「――高田だ!」との声があがると、あとは、芋蔓式というんだろうか、そういう感じだった。苗字は高田だった。下の名前は三郎だった。それで、又三郎と渾名《あだな》されたのだ。それは言わば僕たちの地元の妖怪の名前で、言わば風の妖精だ。風の妖精の子供で、言わば(「言わば」が多いが……)僕たちにとっては「子供の姿をした神様」だったのだ。

又三郎。

風の又三郎。

この妖精は、風を起こす。吹かせるのが又三郎なのだ。そして二百十日で現われる。二百十日というのは、立春から数えて二百十日めということ。だいたい九月一日、そして台風のやってくる時期にだいたい相当する。だから、だいたい、農家はこの二百十日というのを恐れる。風の又三郎はだいたいその化身なのだと。

「そうだよ。九月一日だったんだぜ」一郎が断じた。「夏休みがあけてな、で、高田は転校してきた」

「高田三郎が」と嘉助が続けた。「又三郎が、よ」

みんな、口々に語った。俺はあれを憶えてるよ、あたしはあれを忘れてない、等。どれも又三郎にまつわる記憶だった。高田の父親は山師だったはずだぜ。そうだ、鉱山技師で、金《きん》掘ってたんだっけ？　違うんじゃない？　なんとか鉱石の、なんとか調査で……。そのなんとかってなんだよ！　はははは。漁をしたなあ。ほら、川に入って。あ、さいかち淵《ぶち》だろ？　水泳もしたぜ。あたし、してない。馬鹿、男女はその辺の川でヌードにて水泳を同《おな》じゅうせずなの。やっだぁ、五郎くんスケベ。だから高田の、高田三郎の親父って、金山掘りだろ？　俺、うちの爺《じ》っちゃから、そう聞いたけどなあ。そうだ、川っていったら、ほら近所の庄助さん、あの人が川で発破をかけて！　あ、ダイナマイト漁？　魚を気絶させる？　そうよ、あれをやったんじゃなかった？　憶えてる憶えてる。待って、庄助さんって、坑夫だろ？　だよな？

「九月一日には来てないよ」

「え？」

「だから、転校生。僕の記憶だと、二日だよ。金曜日だった。新学期の、翌日に、転校生の高田は来たはずだ」

ムッとしたのは一郎だった。いいや、一日だよ、絶対、と言った。また別の誰かが、記憶の糸を――自分の心の淵《ふち》で――探りはじめた。

「高田は、又三郎は、十日、いなかったよな？　うちの分教場に。あいつ、北海道から来て、日曜日に……日曜日に帰ったんだ。また北海道に。だから、俺たちに再転校の挨拶はしなかった。そして、あいつは十日しか、俺たちの学校にいなかった」

「本当に十日間か？」

「だったら逆算しようぜ。転校してきた日を」

「だから、その転校していったほうの日がわからんから、はっきりしないんだろうが」

「え？　え？　日曜日に再転校だろ。逆算、できるぜ」

「九月五日だ」とまた誰かが言った。「あいつが、風の又三郎が教室に……教室にさ、突然座ってたのは」

「お前なあ」と一郎が声を荒らげた。「俺が、九月一日だって、断言してるだろうが！」

その時、これは悦治だったけれども、ずっと黙っていたその悦治が口を開いたのだった。

そして、自分以外の全員を見回して、言った。

「本当に転校生って一人だったっけ?」

「それ、どういう――」

「何を言って――」

「え? まさか、九月の一日と、二日と、あと五日にも、転校生が来たとかって――」

「とかって、俺は言いたい」悦治が真剣な表情で言った。

それから悦治が語り出した。俺は、一郎や嘉助といっしょに又三郎と競馬をした記憶があるんだけど、他のみんなは、ないって言うんだよ。それと、さっきから耕助がうるさく言ってるんだけど、俺の同意を求めてるんだけど、俺たちは又三郎と藪《やぶ》の葡萄《ぶどう》を取りに行ったって言うんだよ。それ、俺、どうにも思い出せなくって。いや、でも、考えてみれば、ここまでの話を聞いてると、みんなのいろんな又三郎の、いろんな思い出があって。ばらばらで。だから、もしかして、何人か来てなかったか? 転校生が。あの期間。それで、俺たち、同時に、いろんなことをして。いろんな又三郎たちと、いろいろに遊んで……ってこと、ないか?

「あるかもしれない」と一郎が言った。「俺たち全員が、それぞれの風に、又三郎の吹かせた風に、吹かれて、回されたってことが?」

回されたってなによ、かよが言った。

風車《かざぐるま》だ、耕助が言った。

「俺、風車が強い風にぶっ壊されても、肝心の風車のほうは、回してくれてる風を絶対に怨んじゃいない、そう言われたんだ。又三郎に」
その瞬間、全員が、はっとした。どっどど、どどうど、と居酒屋の室内《なか》に風が吹いた。

木星

鉄道のない「銀河　の夜」

Jupiter

私はその先生を訪ねた。

もしかしたら語ってくれるかもしれない、と期待して、訪ねた。

あの夜にいったい何人が心に傷を負ったのか、私には測りかねている。その人数のことでも測りかねているし、それから深さに関してもそうだ。どれほどに深い傷なのか？

私は、あの夜に起きたことが、ある種の美談として世間に弘《ひろ》まっていることに強烈な違和感をおぼえている（「そうではない」と断じられるだろうか？）。しかし、同時に思いもするのだ——部外者の私に何が言えるのか？　と。

どんなにあの夜の出来事を反芻しても、食《は》み直しても、それでも私が当事者でないことには変わりない。

私は家族を失わなかった。私は友人を失わなかった。

そうした人間に何が語れるのか？

だから、すこし発想を変えたわけだ。それでは誰かに語ってもらおう、と。けれども当事者すぎても問題がある。おまけに当事者の一人はここにいない。彼らの負ったものの深さが、私を躊躇《ためら》わせている。さっき言ったように、彼らはここにいない。

ここに。

つまり、この世には。

彼らは全員、子供たちだった。すこし言葉を換えよう。彼らは全員、学校に通っている級友たちだった。子供というよりも生徒だ。

たとえば、一人の子供に対して、その家族は親《ちか》しく接触できる。けれども、三人の子供がいる時に、それらの子供たちが三つの別々の家庭に属していたら、この三人に等しい距離で接することのできる人間は、限られる。

だから私は先生に目を向けた。彼ら三人は、全員、この先生にものを教わっていたからだ。

「遠路はるばる」と先生は私に言った。「ようこそ。しかし、退屈しているのではありませんか?」

「そんなことはありません」私は答えた。

「なら、よいのですが」

「私のほうこそ」と私は言った。「お邪魔していなければ、と思うばかりです」

「それは、難しい問いだね」

先生は笑った。とても率直な笑いだった。いま、局外者がやってきて、あの夜のことを掘り起こそうとしている。それが邪魔ではないと言えるはずはない、そう物語っていた。どちらかと言えば、それは、私には尊いようにも感じられる率直さだった。

この先生は信頼できる、と私は思ったし、この先生は傷を負っている、と私は気づかされた。その傷は――瞬時に、じゅうぶんに推し量れたのだけれども――深い。

「まあ、聞いてください。日出男さん」と、先生はそれから、あまり閊《つか》えもせずに語り出したのだった。むしろ滑らかに、滑らかに、涸《か》れてはいない川が流れるように。

*

あの三人のことは印象深いです。

もしも、ああしたことにならなかったとしても憶えていたでしょう。ジョバンニくん、カムパネルラくん、ザネリくん。僕は教室では、みんなをさん付けで呼んでいましたがね。たとえば、ジョバンニさん――と。

今日は、どこかで客観的にというか冷静に話さなければならないでしょうから、そうしたさんもくんも抜きでいきましょうか。

あなたは教師というものをどういう存在とお考えですか？

たとえば、教師になって一、二年めならば、いや、三、四年めでもいいのだけれど、一人ひとりの生徒はそのまま一人ひとりの生徒ですよ。ジョバンニは唯一のジョバンニ、ザネリは唯一のザネリ、そういうことです。かけがえのない「オリジナル」なんだと、そう断じていい。しかし、教職に就いて、その歳月を重ねるとね、もちろん類型化というのは起きます。十数年前にいた誰かと、二、三年前にいた誰かと、今年の教室にいる誰かを、ああ同じタイプだなと思うことがあるし、いや、もっとだな。

あのタイプだ、このタイプだ、と分けて考えるようになる。

瞬間的に判断してしまうのですね。

いけないことですけどね、しかしながら技術としては優れている。物事に対処できるわけです。ああ、こいつはいじめっ子タイプだぞと見抜けたら、最初から目を付けておける。そういうような、ね。

ただ、ザネリはいじめっ子ではありませんでしたよ。

あのからかいは、いじめというのとは違った。例の、「らっこの上着が来るよ」という囃《はや》しです。囃し立てだ。あんなものを、率先してしまって。それでも僕がいじめではなかったと言い切れるわけは、じつはカムパネルラにありましてね。

カムパネルラはジョバンニの友達でした。

定義は難しいが、親友と言ってもいい。あの夜に先立ったすこし前から、ちょっと距離が置かれているようには感じられましたが、それでも親友だったと思いますよ。

ですから、もしもザネリがジョバンニをいじめていたのだとしたら、カムパネルラはやめさせたでしょう。

カムパネルラは、あえて類型化をするなら、まあリーダーに向いた生徒でしたからね。不正義は糺《ただ》す。それから、もちろん友情は最優先する。しかし、このケースではそれがなかった。なかったからこそ僕にもわかったのです、ああジョバンニはからかわれてはいても、いじめには至っていないのだな、と。

まあ、立場というのもあるでしょうね。

ジョバンニには噂があったわけです。彼の父親がらっこの密猟をして、監獄に入れられているのだ、どこか北のほうで、という。ただ、この噂をザネリの耳に入れたのは、大人たちであるわけです。両親だったり、伯父さんや伯母さんだったり。ジョバンニの父親は罪人《つみびと》だという認識は、まず、大人たちの間に共有されていたわけです。

そうした空気を、敏感に察するのが、まあカムパネルラみたいなタイプでもあります。ザネリのような子は、「ジョバンニ、お父さんかららっこの上着が来るよ」なんて、いじめもどきに変える。

カムパネルラは、もっと大局に立って、罪に対しては隔《へだ》てを置く。

ほら、だからジョバンニとのあいだにも、少々前から距離が生じていたわけですね。

それが彼のまっとうさでもあるわけです。

しかし、生徒たちはどういうタイプであれ、誰かと誰かの関係には敏感ですよ。大人たちの空気なんていうのは抜きにして。だからカムパネルラとジョバンニは親友だったし、いつでも親友であるということがわかっている。親友というものの永遠性といえばいいのかな。失敬、こなれない言葉を使ってしまいました。

あの夜のことを、まとめましょう。

銀河のお祭りの夜だったわけです。その日は、川へ烏瓜《からすうり》を流します。青い灯りを烏瓜でこしらえるんですね。銀河のお祭りは、別名ケンタウル祭りとも、星祭りともいいます。青い灯りが流れると、川に星が、星々が流れるように見える。そういうロマンも、ここにはある。子供たちはいつも楽しみにしていましてね。僕の生徒たちは全員、川に行ったはずです。まあ、ジョバンニは違ったわけですけれども。ジョバンニは、ザネリが率いる「らっこの上着が来るよ」の合唱に、疎外されたように感じて、みんなと一《ひと》ところに揃ってはいなかったのですけれども。

そして揃っていた何人かが、流す。烏瓜を、舟のうえから、水の流れるほうに押してやる。

ザネリは、それはもう大張り切りで。「押すぞ、もっと押すぞ」と身を乗り出す。

舟が揺れる。

そしてザネリは落ちる。川に落ちたザネリを、カムパネルラが助けようとする。ただちに飛び込む。

ザネリは助かる。しかしカムパネルラは。

ご承知のように、命を落としたわけです。級友を救おうとして、自らが——。

この時、あるいは、この夜以来、カムパネルラを失ったのは誰だと思いますか？　もちろん家族は、そうです、該当します。ご父母や、そうした方々。また、親友を失ったのはジョバンニです。あのジョバンニ、ザネリに「らっこの上着が来るよ」と囃されて、烏瓜を流すところにいっしょには臨めなかったジョバンニ。

しかし、もっともカムパネルラを失ったのは、ザネリだったのですよ。

ザネリは、カムパネルラに助けられた後に、ずっと舟から川面《かわも》を見ていたそうです。カムパネルラを飲んでしまった川の、面《おもて》です。そこには星が、星々が、本物の銀河が映っていたそうです。

「映っていたんだ、先生」と僕に言いました。

それから、こうも言いました。

「流された時、川に、俺が流された時、助けに来たんだ。らっこの上着が助けに来たんだ」と。

彼は、あの後、いちどもカムパネルラの名前を出していません。ほとんど沈黙して、沈黙して、性格もずいぶん変わったように見えます。それこそタイプ分けの、タイプが、です。ただ、二回かな？　僕には「らっこの上着に救ってもらったんだよ、先生」と言った。彼は、何かを埋めようとしているんです。だから僕は、彼のその物語を否定しない。いまも否定していません。

いっしょに、弔《とむら》いに川に行ったことがあります。二人でね。彼はぶるぶる震えていてね。僕たちはね、標本室から蟹の甲羅を持ち出してきて、それを流してやりましたよ。「いいか？　これが先生と、お前の、二人だけの秘密だ。秘密の、らっこの上着へのお返しだ」

そう言ってね。

火星

詩篇「春と修羅」

Mars

鉄道よ鉄道よわたしたちの鉄道よ、わたしと賢治さんの鉄道よ、動かしているのは有機交流電燈です、その勢力《エネルギー》、それにしても賢治さんどうしてなの、あなたはどうして自分を修羅だと規定したの、それはわたしもそうだけれども、わたしだって屈折しながら屈折しながら自分を断罪しつづけているのだけれども、だからあなたと共振したの？　わからない、でも鉄道に乗り、ほら、ともに旅をするのです、二十二箇月の過去と感ずる方角から詩集をまとめたあなた、賢治さん、でもそれは詩ではない？　心象スケッチ？　すると『春と修羅』を読み解いているわたしが咀嚼しているのはなに？　わたしには千百六箇月の過去からの、声、そう声、これも心象スケッチで、でも詩、詩？　鉄道よ鉄道よわたしたちの鉄道なんですこれは、そうですよね、花巻でフキノトウを見つけたけれども薹《とう》が立っていて、ああここは三月の終わりなのだけれども春だな、四月はもう存《あ》ります、でも農夫はいないい、いないいからおれは見られない。

おおこのにがさ、にがさ青さ、つめたさ。春光呪詛。

書き直された十二行なんです、問題は、あの『青森挽歌』という詩、詩？　わたしたちの『青森挽歌』ですね、ここには鉄道があるから、鉄路の旅程《みちのり》の心象スケッチなんです、詩？　そこに書き直された十二行がある、ありますね、賢治さん、あなたは「それともおれたちの声を聴かないのち」から「これらをそこに見るならば」までの詩行を、詩行たちを、こんなふうに書いていたのに書き直した、「どこからかあやしい脅しの声をきき」、脅す、「凍りさうな叫びのきれぎれや」、凍る、「意識ある蛋白質の裂かれるときにあげる声」、裂かれる、「往来するあやしい車のひびきをきき」、それは何だろう、「またおれたちのせかいを見ないのち」、見ないという仮定、「暗紅色の深くもわるいがらん洞と」、この一行は残った、「むぢゃむぢゃの四足の巨きな影」、むぢゃ・むぢゃ・むぢゃ……、「馳せまはり拾ひ頬ばり裂きあるひは棄て」、この五つの動詞、「あるひはあやしく再生する」、再生する、「亜硫酸や笑気《せうき》のにほひ」、この一行も修繕されずに残った、わたしは書き写しました、これで全部、あなたが消したのに。

ごめんなさい。

わたしは呼吸を変える、すこし口調を変える、そして回顧する、追想。
豊沢川にゆきました。あなたの時代には豊澤川だった？　その沢と澤、だってあなたの『春と修羅』は、函《はこ》には宮沢賢治とあるのに本体には宮澤賢治とある、その自在さ、二人のあなた、あなたとわたし。

北上線の、電車の、その小ささにわたしは驚いた、なにしろ一輌だけなのだもの、わたしは蝦夷塚《えぞづか》をたずねる、そこにならば鬼がいるのかいないのか、そもそも岩手が鬼に作られたというのは本当なのか、たれに訊ねればいい？　そうだ北上駅の新幹線乗り場の待合室に、わたしは、いちばん最後に腰をおちつけていて、すると鬼剣舞《おにけんばい》の気配を感じる、鹿《しし》踊《おど》りも、まあ賢治さん剣舞ですよそれから鹿踊りですよ、昔は達谷《たった》の悪路王《あくろおう》だ、この王はエミシだったのでしょう、しかし賢治さんはあまり蝦夷《えみし》のことは書かないですね、あの『原体剣舞連《はらたいけんばいれん》』にはちゃんと「むかし達谷の悪路王」との詩行は入れたけれども、詩、詩？　それで鬼はどこ？　あのね江釣子《えづりこ》の駅でおりて歩いたのだけれども蝦夷たちはどんどん痕跡を消されています、史跡センターは閉鎖、民俗資料館も封鎖、こんなにも古墳があるのに、あるのに、鬼、どこかに鬼の里があるね、そう、鬼だって新生代沖積世にいるんですから、ええい同時代人だ、鬼、修羅、ああ、おれはひとりの修羅なのだ。

あるのか、透明な人類の足跡。

「それともおれたちの声を聴かないのち」、そして「どこからかあやしい脅しの声をきき」、天上をイメージするためには正反対の他界を、それとは正反対のものを想像しなければならない、その想像力を持たなければ、あるいは磨かなければ、届かない、それをあなたは自覚した、わたしもだ、けれどもそんな想像力は厭、この想像力を唾棄しろ、それでですが、唾棄したら聖人になるのですか？

違う。

修羅です、唾棄しても修羅なのです、あなたのその罪悪感はなんなのです、わたしにもあるこの罪悪感はなに？　さあ在来線に乗りましょう、今度は東北本線、花巻駅から北上駅に、これは旅程《みちのり》の途上、村崎野《むらさきの》から男の子が乗り込みました、大きな旅行鞄を持って、小さなじつに小さな男の子が、隣りのおばあちゃんが声をかけている、どこまでゆくの？　男の子は返事をしません、だって携帯ゲーム機をもう取り出していて、夢中、邪魔されるのは厭だなあ、でもいい男の子、ひとり旅の男の子、七歳か八歳だろうね、それから北上駅のね、在来線のほうの乗り場のね、待合室にわたしは腰をおろすことになるのだしその前には花巻駅の待合室にいました、その前は、イギリス海岸に行ったんです、歩いて、あなたが名付けたから English になってしまった北上川のその河畔に、でも魅惑的なそこをすらあなたは「修羅のなぎさ」と形容した、そこも修羅？　そんなにも賢治さん、あなたは修羅にこの世を染めるのだとして、その自らへの断罪は、ああ、つぎの三行がある、

「凍りさうな叫びのきれぎれや」、「意識ある蛋白質の裂かれるときにあげる声」、「往来するあやしい車のひびきをきき」——。

聞こえる、きかなければならない、聴け。

春に修羅。

時には鉄道から、バスに、乗り換える、バスよバスよ乗り合いのバスよ、花巻南温泉峡までのシャトルバスです、見たし聞いた、白鳥の啼《な》き声、いた、二羽が並んで飛んでいる、窓外にわたしは見たんです賢治さん、翌日もまた目撃、またもやバスの車中から、でも飛翔はしていなかった、池や沼に浮かんでいるわけでも、何十羽もが田圃《たんぼ》にいました、水が張られる前の田圃に、必死に大地をつついていたんです、なにを食べているの？　白鳥なのに薄汚れてしまって、血眼《ちまなこ》の食生活、ここには四月がまだ、来ない、まだ三月、しかし冬は終わってしまっていて、帰らないの？　まだ帰らないの？　今度は『小岩井農場』のパート三を思い出す、「どうしたのだこの鳥の声は」とか「なんといふたくさんの鳥だ」とか「鳥の小学校にきたやうだ」とか「雨のやうだし湧いてるやうだ」とか「居る居る鳥がいつぱいにゐる」とか、でもこれらは違う、これらは違う詩行なんだ、これらは消されもしないし置き換えられなかった、そしてわたしが憑かれているのは次の、次の二行、「またおれたちのせかいを見ないのち」、「暗紅色の深くもわるいがらん洞と」——。

がらんどうと。

平泉では一杯のがらんどうを見て、たとえば棺です、それらは金色《こんじき》です、わたしは金色のそんな棺を見ながら思うのです、これらは車輌ですね、つまり car ですね、藤原氏の三代を繋げて、三輌列車にしたかったのですか？　金色の銀河鉄道、もちろん天の川は見上げても銀河との発想はなかったはず、その人たちにはなかったはず、清衡《きよひら》にも基衡《もとひら》にも秀衡《ひでひら》にも、これらのヒラたち、そして四代めのヒラが全部を駄目にしたんだ、泰衡《やすひら》さん、あなたは頭部だけしか car に乗れないんですよ、そして藤原氏のあなたたちは浄土をめざし、たどりつけたの、無事に？　そこは天上ですね、ああ南無南無、その天上を金色で描き出そうとして、たとえば金泥《こんでい》で書き写される経文、圧巻だ、こんな想像力の形って、それからあんな想像力の形って、また続いている次の二行、「むぢゃむぢゃの四足の巨きな影」、「馳せまはり拾ひ頰ばり裂きあるひは棄て」、怖いし痛い、なのに、そうしないとどこにもゆけない、到達できない、そんな衝動があって、だから鉄道はそこから、そこからはじめます、わたしたちの鉄道ですね、なんたる修羅ぶり、でもね、ほら平泉では、千手観音が、いちばん天辺の二本の腕で背伸びをしている、ぎゅっと伸ばして、まるでラジオ体操のよう、これに倣え。

「あるひはあやしく再生する」、「亜硫酸や笑気《せうき》のにほひ」、わたしは岩手の電車に乗りつづける、マスクを着用した女子高生の集団、花粉症が酷いんだって、春のその病、花粉症、ごめんなさい正確にはわたしは理解ができない、花粉症がどこまでつらいのか、あなたたち疾病者がどんな厳しさを生きているのか、箱ティッシュだ、それをひとりの女の子が抱えている、その苦をともにするために想像しろ、また想像するのか、共感するために惨禍を産むか、悲惨、花巻駅の待合室はいまや高校生たちの自習室、そこに腰をすえます、ああ男子も女子も勉学に夢中だ、なにを読んでいるの？　どんな勉強をしているの？　喫茶店ではビートルズのカバー楽曲集が流れつづける、これはどういった類いのＣＤなのですかと問えば、答えはアイアムサムです、え、あなたはサムさんだったのですか？　シャトルバスに乗り込んだ若者が六人、ギター所有者がいた、そしてたれかが訊ねます、「先輩はもう、詞は浮かんできているんですか」って。

詞、詩。

最後の一行だ。ほら、「これらをそこに見るならば」――。

因果交流電燈は、ね、たしかに灯《とも》りつづけているのです。

地球

戯曲「饑《き》餓《が》陣営」

Earth

奇妙な劇が演じられている。その奇妙さは、舞台の構造にある。板の上では六人の兵士が行進していて、それは一人のリーダーとこの男に率いられた兵卒たちであることがわかる。また、同じ構成の別な六人の兵士も登場し、行進をする。この部分に関してはけったいな要素はない。背景となる装置は、砲弾によって破損した古い穀倉である。どうやら六人と六人の二つのグループは、この穀倉内を歩きまわっているようだ。

ただし、そうしたリアリズムで解釈される装置だけがステージにあるのではない。穀倉の上層、正面壁には胃が浮いている。あきらかに人間の胃袋であり（それは一目瞭然だ）、しかし縦横三メートルほどの大きさがある。

さらに舞台の下手奥、穀倉の二階部分に相当する高さに、まるでバルコニー様《よう》に客席がしつらえられている。

つまり、舞台側にも客席があるのだ。まるで中空に据えられたように。

人物Aと人物Bがそこに座っている。

人物A　ねえねえ、この劇、ぜんぜん台詞が聞き取れないんだけど？

人物B　ちょっと待ってろ、いまパンフレットを調べるから……。

人物A　パンフレットって、公演のパンフレット？

人物B　そうだよ。さっき、大枚叩《はた》いてロビーで買ったじゃないか。

人物A　ああ、ありゃ高かったねえ。で、なんて説明されてるの？

人物B　ええと、「この劇は……全篇……エスペラント語で構成されており……」だって。

人物A　じゃあ、つまり、僕たちはエスペラント語を聞かされてるわけ？

人物B　なるほどなあ、宮沢賢治の理念だったエスペラント語に翻訳されているから、この『饑《き》餓《が》陣営』って劇は、僕たちにはい意味不明の台詞ばっかりになっているのか。

人物A　全人類が共通に使えるはずの言語に換えたから、さっぱり内容がわからないんだねえ。

人物B　まあ、わかるのは、行進しているあの兵士たちが餓《う》えてるってことだな。なんだか、どんどん、ぶっ倒れるように餓えていて、そのことを六人と六人の隊列同士が語り合っているみたいだ。

人物A　語り合うっていうか、歌だね。これってオペラ？

人物B　そうだなあ、きっと、「糧食はなし、もう死にそう、わが陣営は敗れたり」なんて歌いあげてるんだろうなあ。
人物A　そこのところの解説はないの？
人物B　いや、あるだろう……高かったパンフレットなんだし……。
人物A　あ、ちょっと見て！

人物AとB、正面壁の例の〝胃〟に目をやる。
すると、それはあきらかに一段階サイズが縮んでいる。縦横二メートルほどに。
おまけに胃袋には数字が投影された。「10」と――。

人物A　10？
人物B　説明によるとな、あれは「……その名も胃時計、賢治の命名によれば『ストマクウォッチ』で……体内時計が食欲に特化されたものだと解釈され得……」うんぬん、だって。
人物A　じゃあ、胃時計が十時なんだ。
人物B　十時って、どの程度の饑餓感なんだろうな。
人物A　うーん、役者たちの演技を見るかぎり、相当な……ああっ、また胃時計が！

例の〝胃〟がさらにサイズ・ダウン。もはや縦横一メートル程度。

そして「11」と数字が投影される。

人物B　これは不吉な十一時だな。
人物A　夜の十一時まで、ぜんぜん何も食べていない、ってことだね。
人物B　いや、時計だと名指されていることに照らすとだな、スタートの数字が「1」でお終《しま》いの数字が「12」、つまり十二時になっちゃうと胃袋の終焉だ。そういうことじゃないのか？
人物A　逆カウントダウン劇かぁ。
人物B　凄い演出効果だ。

と、リーダーに率いられた二集団が行進するだけのステージに新たな展開が。袖から人物が滑り込んできた。この人物は車椅子に乗っていて、それで高速で文字どおり滑り込んでくるのである。迎える兵士たち、必死で敬礼。車椅子の人物は、その軍服から容易に察せられるのだが指揮官級であり、でっぷり肥《ふと》っている。

人物B　うん？　新登場人物だ。
人物A　なにあれ、あの肩の……。
人物B　肩章《けんしょう》、だな。

人物A　あれ、左右の二つともバナナじゃない！
人物B　それに胸を満たしている勲章も……。
人物A　全部、飾り菓子だ！
人物B　（パンフレットを開いて）待て待て、肩章を……「賢治はエポレットと書いています。本来はフランス語のエポレットで……」うんぬん。なるほど、それで……。
人物A　（焦《じ》れて）それで、何？
人物B　わかったぞ。あの車椅子のお偉方は、その名もバナナン大将だ。
人物A　うわあ、名は体を表わすねえ。
人物B　バナナン大将は、餓えてないわけだな。
人物A　見るからにそういう設定。あいかわらずエスペラント語の台詞は理解不可能だけれど。
人物B　その理解不可能の世界共通言語で、あっちの隊列とこっちの隊列のリーダー同士が、なにやら大事な対話をはじめたようだぞ。二人でひそひそ、こそこそ。
人物A　うーん、聞き取りたい。
人物B　あきらかにバナナン大将には悟られないようにダイアローグに勤《いそ》しんでるな。（またもやパンフレットをひもとき）――あ！　ここに台詞の翻訳が載っているよ！
人物A　なんだよ、それ。早く言ってよ！
人物B　ほら、あの二人は曹長と特務曹長だ。で、二人の台詞は、えぇと、たぶんここ。

人物A　「大将の勲章は実に甘《うま》そうだなあ」。
人物B　「それは甘そうだ」。
人物A　「食べるというわけには行かないものでありますか」。
人物B　「それは蓋《けだ》しいかない。軍人が名誉ある勲章を食ってしまうという前例はない」。
人物A　「食ったらどうなるのでありますか」。
人物B　「軍法会議だ。それから銃殺にきまっている」。で、間《ま》、だって。これはまあ、翻訳というよりも原文だな。賢治のオリジナルのテキストだ。なんとも複雑だなあ。あっ（と絶叫）、あぁ！
人物A　あーっ！

二人、バルコニー様の「ステージ上の客席」から身を乗り出しながら、板の上を指す。そこでは大変な展開が生じている。エスペラント語が理解困難の状況《ありさま》を現出させているために一種の無言劇（メタフォリカルな〝無言劇〟）となっているが、車椅子のバナナン大将を相手に特務曹長がなにやら交渉して、勲章がそれを鑑賞するために胸からつぎつぎ外されて手渡されて、お終いにはつねに兵卒一やら兵卒二やらに渡り、こっそり嚥下《えんか》されてしまう。

それが十人分続いた。

人物A　勲章で……。
人物B　空腹が満たされて……。
人物A　でも、あと二人、ほら曹長と特務曹長とがまだ残ってるけど？
人物B　勲章はもうないぞ。
人物A　でもバナナがある……。
人物B　バナナ……エボレット……そうか、二つの肩章か。それが二人分……。
人物A　あ、皮を剝いた！　どっちのエボレットも、ぴーって剝かれちゃったよ！
人物B　バナナン大将がなにかを喚《わめ》いたぞ！

さらに板の上では大展開。兵士たちが懺悔《ざんげ》のようなものをはじめている。順々に告白している。ついで曹長と特務曹長が、リーダー格である自分たちこそが責任を取ろうというのか、ピストルを出して己《おのれ》自身に突きつけた。

そしてエスペラント語の合唱。

荘厳さを秘めた、まさにオペラとしか言えない十二人の兵士の歌声――。と。

バナナン大将が両腕を広げた。一喝した。シーン全体が静止する。すると、見る見る、車椅子が浮揚をはじめる。そこにバナナン大将を座らせたまま、空中に昇ってゆき、縦横一メートルほどの〝胃〟を後景として架かり、それからバナナン大将が宙《そら》で軍服の前をはだけた。

　すると、そこにあるのは、がりがりの痩身。バナナン大将は微笑んだ。

　それから視線を、舞台上では「客席」と仮定されているはずのバルコニー様の二階に向ける。人物Aと人物Bに、目をやる。と、二人の全身に突然に果実が湧く。つぎつぎ湧く。バナナであれば何房も。二人は豊饒の樹木となる。

金星

狂言鑑賞記「セロ弾きのゴーシュ」

Venus

能舞台というのは奇妙だ。ステージと客席の仕切り、あの緞帳と呼ばれる幕がないことで、裸の舞台を眺めているのだという気にさせられる。正面には板が張ってあり、これは鏡板と呼ばれるのだが、絵が描かれている。松だ。それも老いた松だ。どの演目においても、この老いた松がいる。けれどもその松に存在感があるのかといえば、ほとんど「ない」と断言できる。不思議だ。松ですらフラットに裸にさせられているのだ。実際には生えていない松、二次元の、平面の松。

その松が歪んだ。おや、と思う。おかしい。

じきに事情が判明する。投影されている映像があるのだ。鏡板の全体にそのプロジェクションは行なわれている。演出なのだろうが、非常に珍しい。古典的な能楽ではこの手の演出は交えられることがない。まして狂言は、とにかく対話を中心とする笑劇なのだから、演出の要素はより削ぎ落とされているといえる（「能」に比して）。が、驚くには当たらない。これは新作狂言なのだし、つまりは演出もモダンで然《しか》るべきなのだ。

どんな映像か？　照明が落とされていない中での投影だから、判然と見えるわけではないのだが、古い。半世紀、いや……もっと前の映像の感触だ。

古い？　モダンな演出なのに、映像そのものは……古い？

この齟齬が鑑賞者の集中力を高める。つまり、おのずと目を凝らせる。それこそが狙い所なのだろう。ああ、もしや、と客席にいる人間たちは思う。もちろん客席でも正面であればプロジェクションは見やすいが、脇正面、すなわち鏡板の正視がもともと叶わないような席にいる鑑賞者には、その「もしや」との直感はそれほど即座には訪れない。しかし、どちらにしても目は凝らすだろうし、そうすると感取される。

無声映画が映されている——と。

ハリウッドの作品？　人物たちの古い美男美女っぷりから、そう推し量られる。映画がいまだ音声というものを持っていなかった時代の作品だ。その時代、映画の上映には楽士の伴奏が要った。映画館にはたとえばオーケストラ・ボックスが設《しつら》えられていて、そこに楽団が収まり、演奏した。

この瞬間に、もしやこの演出は、と幾人幾十人かの鑑賞者が洞察するだろう。原作『セロ弾きのゴーシュ』の、主人公の所属する楽団が町の活動写真館（映画館）で上映中の音楽を担当していたという設定の、そこからインスパイアされた何事かなのか、と。

新作狂言『セロ弾きのゴーシュ』には、人物は三名登場する、とアナウンスされている。

主役であるシテが「セロ弾き・ゴーシュ」、脇役であるアドが二名で、これは「亡霊・ベートーベン」と「動物・狸」だという。なにしろベートーベンというのが意外だ。宮沢賢治は原作にベートーベンを登場させていただろうか？　否だ。しかしベートーベンの交響曲は登場させていた。第六番を。標題は「田園」。この曲を、セロ（チェロ）担当のゴーシュはどうしても上手に弾きこなせない。

そのアドのベートーベンが、まず舞台に現われた。橋掛かりと呼ばれる、本舞台――三《さん》間《げん》四方の正方形――に向かって斜めにのびる通路に。

和装だが、頭だけ奇妙だった。かぶっているものがあるのだけれども、烏帽子《えぼし》等ではない。鬘《かつら》だ。それも金髪の、やたらカールして、長い、いかにも「楽聖でございます」風の鬘なのだ。ひと目でこれはベートーベンだなとわかる。しかも表情は苦悩でいっぱいだ。眉間にはドイツ人ならではの憂鬱さをたたえた皺が刻まれている。

そのベートーベンが、しっかりと狂言の所作を貫いて本舞台に乗った。幽《かす》かなプロジェクションの光線を浴びながら。一八二七年に亡くなった人物が一九三〇年代には廃れた無声映画のその光の粒子を全身に浴びながら。正面を向き、口を開いた。声を発しはしないのだが、明らかに「ごう、ごう、ごう」と言った。「ごう、ごう、ごう、ごう」と無音《サイレント》の轟音を発した。口蓋から喉の奥に、また舌にまで、その映像は投影された。それからこのベートーベン、このアドの人物ががぶりと物を食《は》むように口を閉じると、プロジェクションがやんだ。

「憑《つ》いています」と言った。「最近、憑いていまして。ゴーシュ君にです。それで、ゴーシュ君は、夢に私を見るようにもなりましてね。なに、演奏会が迫っていて、どうやったら私の第六交響曲を弾きこなせるか、懊悩に懊悩を重ねているからなんですが。こうした後《のち》の世の演奏者の苦悩、じつに作曲者冥利につきることです」

こうした台詞が続いてから、ベートーベンは「おお、来た来た」と言った。本舞台から橋掛かりに視線をやる。揚げ幕がさっと上がって、和装のゴーシュが現われる。セロ弾きだが、手にはセロはない。ただし、そうした大型の四絃《しげん》楽器を左手に、そして弓を右手に持っているという演技はしている。このゴーシュは、「ごう、ごう、ごう！」と実際に声に出している。非常に懸命にその音を出して、必死で練習を続けているのだ、セロを鳴らしているのだ、と伝える。

以下、本舞台でのシテ／ゴーシュとアド／ベートーベンの対話。

ベートーベン　私は第六番というのを書いてね。
ゴーシュ　あなたは誰です？
ベートーベン　ベートーベン。
ゴーシュ　これは夢ですね？
ベートーベン　正確に言うと、そちらの夢だな、ゴーシュ君。私の夢ではない。
ゴーシュ　あなたの夢ではない？

ベートーベン　亡霊は夢を見ないからねえ。さあ、自己紹介したまえ。

促したベートーベンは、脇柱の後ろの位置についた。いわゆるワキ座と言われるそこに控えて、以降の展開を傍観する。

ゴーシュ　皆さん、こんばんは。ゴーシュです。僕は金星音楽団でセロを弾いています。アマチュアではありませんよ。専門に音楽をやっています。でも、しょっちゅう楽長に叱られているんです。どうも僕のセロには問題がある。聞こえますか？　こんな……。

演奏のジェスチャー。もちろん音はしない。無声映画に続いているのは、すなわち無声音楽だ。

ゴーシュ　何が悪いんだろう。鍛錬に鍛錬を重ねているんですが。実際のところ、僕はですね、寝る間も惜しんで自宅で練習をしています。僕の自宅は、水車小屋です。まあ、田園の真っ只中にありましてね。ごうごうごうごう、ごうごうと夜中に鳴らしても、苦情は出ませんよ。それどころか、一帯の動物たちは僕のセロの音《ね》を歓迎しているらしい。どうもわからん。どうしてありがたがるのか今ひとつ解《げ》せないのですが、いやいや、訪問客が現実に多い。一昨日《おととい》の夜は、猫が来ました。昨晩《ゆうべ》はかっこうだ。しかもこの動物たち、僕に音楽修行をさせている。一昨日の三毛猫に、僕は、はて、何を学んだのか？　昨日のかっこうに、僕は、はて、何を気づかされたのか？　いや、じつを言いますとね、感情への直接のアピールだの、本物のドレミファだの、学びに学んではいるんですが……。おや、僕は今、寝ているぞ。じゃあ起きよう。どうやら猛特訓中に居眠りをしてしまったようだ。だからベートーベンなんかと会話をするような夢も見るんだ。それ！

ゴーシュが目覚める。そして、目覚めると、橋掛かりに二人めのアドがいることを発見する。ゴーシュはぎょっとする演技をやる。なにしろそのアドは、狸の着ぐるみを着ている。ただし顔は出している。ちゃんと艶々《つやつや》とした人の顔がのぞいている。

狸　こつこつ。こつこつ。今、入り口の扉《と》を叩いていますが、ゴーシュさんはいますか。
ゴーシュ　そんな奴はいないぞ。今晩は誰もおらん。
狸　ありがとう。お返事いただけました。

そう言って、二人めのアドの狸――原作通りに、愛らしい狸の子――は本舞台に乗る。以降、狸汁をめぐる愉快な（あるいは若干、慎みのないグロテスクな）話題や、「自分は狸の世界の小太鼓担当です」と言った話題が原作に則《のっと》って繰り広げられる。子狸がゴーシュに『愉快な馬車屋』を弾いてほしいと懇願するシーンでは、ワキ座に腰を下ろしたベートーベンが「そんな曲はない」といきなり言って、会場内の笑いを誘う。非常に狂言らしい洗練があり、「やいやい、セロ弾き」だの「さてさて、セロ弾き」だの、そうした呼びかけが全体の速度をあげもする。ゴーシュは、やはり子狸の訪問を受けたこの夜もまた、演奏について何かを学ぶ。そこには劇的カタルシスがたしかに内包されている。

しかし、この鑑賞記が書き落としてならないのは、お終《しま》いだ。子狸が去り、ゴーシュが本舞台のシテ座にいて、寝る。するとワキ座のベートーベンが立って、最後の演技をするのだ。

ベートーベン　さあ、明日の晩は、どんな動物が出るのかな。

ベートーベンは、そう言って、人の亡霊であることをやめる。指を握り、変化《へんげ》を解く所作をし、するとプロジェクションが再開されて、ベートーベンに等身大の狸の映像を重ねる。親狸の。亡霊に化けていた狸。そうした真相が解き明かされて、客席の哄笑の中、動物たちがいかにゴーシュを愛しているか、音楽がいかに自然界を癒しているか、その真実がふいに顕現する。この、能舞台に、純然たる狂言として。

水星

土神ときつね

Mercury

私は責任をもって神の話を書きます。なぜかといえば神は人が生んだのだし、私もその人の類いの一員なのですから。こういうことなのです。谷地《やち》があって、ようするに陽気とはいえない場所で、水はじめじめとしていて表面には赤い鉄の渋《しぶ》が湧きあがり、どろどろと気味が悪い。人々は恐ろしがります。生えているのは苔《こけ》にからくさ、短い蘆《あし》、それから薊《あざみ》と、背の低いねじれた楊《やなぎ》です。そんなぐちゃぐちゃの冷たい湿地は、人々に忌避される土地なのです。すると、どうなったか。

祀《まつ》られたのでした。

その、ぐちゃぐちゃの谷地の、まんなかの島のようになったところに、丸太でこしらえた高さ一間ばかりの祠《ほこら》が作られたのでした。遠い昔にです。遠すぎて遠すぎて、いつのことやら記録にもありません。その土地が悪さをしないようにと人々は祈り、祠に供え物をします。祭礼の日を定めて——これは五月九日です——きちんと毎年、もてなします。すると、そのように祈られるものですから、その谷地とその祠には奉祀《ほうし》される神が誕生しました。何十年も何百年も祈られすぎて、そこに神が誕生しないわけがないのでした。

これが土神《つちがみ》です。

谷地の信仰から生じた神ですから、やっぱり見た目もぐちゃぐちゃです。髪の毛はぼろぼろ、まるで木綿糸の束のようで、両眼はぎらぎらと赤いし着物はわかめに似ています。いつも裸足で、爪はといえば黒いし長い。

とはいえ土神はやっぱり神の分際《ぶんざい》ですから、大いなる力を秘めています。また、正直です。荒々しい湿地に棲まう神はこのように荒々しい実体をあたえられて、人間たちと即《つ》かず離れず暮らしていたのです。時には形を消して、祠のなかに入り、時にはあたりを闊歩して、散策して——。

しかし、せいぜい歩いたとしても、五百歩千歩ばかりの範囲に限られました。これは当たり前です。土神はぐちゃぐちゃの谷地の神であって、そのぐちゃぐちゃの谷地を離れては非在となるのですから。そこにあってこその全能なのでした。また、雑《ま》じり気のない恐怖から祀られたからこその、その性《さが》の正直さなのでした。

ところで五百歩の距離です。

ちょうどその程度離れたところに、樺《かば》の木がありました。野原の北のはずれ、ほんの少し小高く盛りあがった場所に。これは奇麗《きれい》な女の樺の木でした。どんなふうに奇麗かといえば、幹はてかてか黒くひかり、枝は美しく伸び、五月には白い花を雲のようにつけ、秋には黄金《きん》や紅《あか》などのいろいろな葉を降らせるのです。新しい柔らかな葉を出す夏の初めには、ほんとうにいい香りがします。ほんとうにほんとうに、美しい樹木でした。

この木を土神は友達とみなしていました。もちろん、樺の木もふだんから土神とは交際《まじわ》るのですから、この神を友達だとは思っていましたけれども。そうした意味では、樺の木には二人の友達がいたのです。樹木の自分には叶わない、〝動く〟という力を有した異類の友達が。もう一人は、狐《きつね》です。

樺の木が、狐とも交際っていることを土神はわかっていました。

さて、初夏の朝日ふり初《そ》める頃です。樺の木がきらきらという青い葉に覆われて、いい匂いを発している季節、土神はこの女のもとを訪れました。

「樺の木さん、おはよう」

「おはようございます」

「わしはね、どうも考えてみるとわからんことがたくさんある。なかなかわからんことが多いもんだね」

「まあ、どんなことでございますの」

「たとえばだね、草というものは黒い土から出るのだが、なぜこう青いもんだろう。黄や白の花さえ咲くんだ。どうもわからんねえ」

「それは草の種子《たね》が青や白を持っているためではないでございましょうか」

「そうだ。まあそういえばそうだがそれでもやっぱりわからんな。たとえば秋の茸《きのこ》のようなものは種子もなしに土のなかからばかり出る。それもやっぱり赤や黄色や、いろいろある。わからんねえ」

「狐さんにでも聞いてみましたらいかがでございましょう」

樺の木は、つい、こう言ってしまったのです。

これを聞いて、にわかに土神は顔色を変えたのです。こぶしも握ったのです。

「なんだ、狐？　狐が何を言いおった」

「何もおっしゃってはございませんが」と樺の木はおろおろ声になりました。土神の恐ろしさをたちまち認識したのです。「ひょっとしたら……ご存じかしらと思いましたので」

「狐なんぞに神がものを教わるとは、一体なんたることだ。えい！」

土神は歯軋りしました。腕を高く組んでそこらを歩きまわりました。その影はまっ黒に草に落ちて、草たちを顫《ふる》えあがらせました。樺の木も恐怖して、ぷりぷり揺れました。土神は続けました。

「狐のごときはじつに世の害悪だ。ただひと言もまことはなく、卑怯にして臆病で、それにひじょうに妬《ねた》み深い。うぬ、畜生《ちくしょう》の分際として！」

そして吠えるように、吠えるように唸って、その朝は荒々しく自らの谷地に帰りました。

土神は荒れます。その殺伐さの理由《わけ》を、私たちの不届《ふとど》きさに帰してもよいでしょう。私たちはさまざまな思いから神をこの地上に誕生させるのですが、いつしか信仰を薄れさせたりもするのです。この年もそうです。五月九日の祭りの日、まともな供物《くもつ》がありませんでした。時代が下るにつれて乱暴なだけの神、その形象に高貴さを具えない神は劣位のものだと軽んじられはじめたのです。まして、五百歩千歩しか歩けない、領分の狭い土地の神など――。

なぜ、おれは醜いのか、と土神は自問をはじめています。

ああ、樺の木は美しい、と土神は焦がれて、煩悶しています。

その樺の木が狐ごときとも交際するとは！　とキリキリ歯嚙みしています。

そしてキリキリ、キシキシと歯嚙みすること自体がひじょうに情けないし、つらいのです。

おれは神だというのに、神の分際だというのに、とつらいのです。

八月のある霧の深い晩、土神はあまりにむしゃくしゃして、そして寂しくて、ふらっと祠を出ました。そして気がつけば樺の木のほうへ歩いていました。そうしたら心が躍りました。もしかしたら、ひさびさの訪問だから樺の木は自分を待っているかもしれないと思って、楽しくなりました。胸を躍らせました。ところが樺の木のもとには先客があって、土神は足をとめざるをえませんでした。

「ええ、もちろんそうなんです」と言っているのは、狐です。「対称《シインメトリー》の法則にばかり叶っているからってそれで美しいというわけではないんです。それは死んだ美です」

「まったくそうですわ」と答えたのは樺の木です。「美学のほうの本は、たくさんお持ちですの？」

「ええ、日本語と英語とドイツ語のならたいていありますね。イタリアのは新しいんですが、まだ届かないんです」

「あなたのお書斎、まあどんなに立派でしょうね」

「いいえ、まるで散らばってますよ。研究室兼用ですからね。あっちの隅には顕微鏡、こっちにはロンドンタイムス、そんなごったごたです」

「まあ、立派だわねえ。ほんとうにご立派だわ」

これらの会話を、そうするつもりもなしに盗み聞き、土神は……土神は両手で耳を押さえて、それから一目散に走りました。何かが怖かった。もう怖かった。自分自身が怖かった。一目散に走って、遠い山の麓《ふもと》で息が続かなくなってバッタリ倒れました。そして頭の毛をかきむしりながら草を転げまわり、大声で泣きました。

そのうち、とうとう秋です。この神は立派だったと私は書きます。つらい思いのもろもろを自ら乗り越えました。打ち克《か》ちました。樺の木も、狐と話したいなら話すがいい、両方とも嬉しくて話すのならいいことだ、ほんとうにいいことだ、今日はそのことを樺の木に言ってやろう、そう思いました。

その秋の日にそう思って、歩き出したのです。五百歩ばかりを。

そして樺の木に会い、きちんと挨拶を交わし、それどころか心中を語り、「わしは今なら誰のためにでも命をやる。みみずが死ななけぁならんなら、それにもわしは代わってやっていいのだ」と告白しているさなかに、狐が現われて、その狐はなぜか顔色をハッと変えて、短い挨拶を二人のほうに投げて、一冊の本を樺の木に貸して、さっさと帰ろうとして、その後ろ姿を見送ったときに、土神のその頭のなかで壊れるものがありました。樺の木という美しい植物、狐という世間ずれした動物、しかしおれには実体がない。祀られているのに、何もない。何も！　全能の力以外！

　頭のなかでありとあらゆるものが壊れて、土神は、土神は……土神は狐を追い、さらに五百歩を駆け、それこそ汽車のようにごうごう走って、逃れようとする狐を捕らえて、地べたに投げ、ぐちゃぐちゃに踏みつけ、死にいたらせ、それから土神は狐の穴に、巣穴に、土神は、土神は、土神は……土神はその〝書斎〟に飛び込みました。

　すると、その穴はただ空っぽなだけでした。美学の本の一冊もなければ研究機材もない。赤土がただ奇麗に堅《かた》められているばかりです。

　そして千一歩めを踏み出し、土神は、虚空に消えました。

太陽

グスコーブドリの伝記　魔の一千枚

Sun

序

私はグスコーブドリの伝記が嫌いだ。何かが間違っている。私は、この物語をはっきりと書き直したい。

そのために遠回りしながら話を進める。たとえば、この文章の一行め、まさに導入部となった一文めに誰も違和感を覚えないのか？　ということ。私は何を言いたいのか。私は、それが作品名であるにもかかわらずグスコーブドリの伝記を鉤括弧（「……」）や二重鉤括弧（『……』）で挟まなかった。その前後を、挟まなかった。いや、この言い方は嘘だ。私は正確には「二重鉤括弧を頭の中で外した」のだ。普段の私ならば、まず、絶対に『グスコーブドリの伝記』とした。しかし、それでは何かが間違う、そう直感した。したからこそ、私は二重鉤括弧を外したのだった。私はグスコーブドリの伝記というその名前、作品名であるものにじかに触れようとしたのだ、とも言える。ちなみに、二重鉤括弧または鉤括弧を付したならば「じかに触れられない」のかをここで試してみる。次行を見てほしい。

私は『グスコーブドリの伝記』が嫌いだ。何かが間違っている。

また、これならばどうだ？

私は「グスコーブドリの伝記」が嫌いだ。

そしてこの文章の冒頭、あの導入部に戻ってほしい。違わないだろうか。どうだろうか。こうしたことは馬鹿なこだわりに思われるのかもしれない。また、表記には統一が要る、との教育を受けた層からは煙たがられるだけか。しかし不統一と言ったら宮沢賢治だ、とも言い張れる。賢治の文章は不統一にまみれていて（同一作品内でもだ）、それどころか『春と修羅』という本の著者名の表記は宮沢賢治となっているのと同時に宮澤賢治ともなっていて（函《はこ》と本体とでは表記が異なる）、しかし、だからなんだというのだ？　ところで今、私は、この賢治生前に刊行された詩集には二重鉤括弧を付けて『春と修羅』と書き表わして、それが妥当だ、と感じた。こうした直感、もしかしたら生理的判断というのも凄い。どうしてグスコーブドリの伝記にはそのまま「触れたい」のか、私は？　いや、いつも触れたいわけではない。この文章ではその態度が要る、そう感じているだけのことだ。そうでなければ、嫌いだ、とは言えない。私は基本的に無礼な人間ではないと思うから。

　表記の不統一について続けよう。グスコーブドリの伝記は「イーハトーブ」を舞台に展開する。このイーハトーブとは夢見られた日本岩手県、という土地であるのだが、また賢治自身がそう解説しているわけだが、しかし賢治のその解説は『注文の多い料理店』の広告に付けられていてそこではイーハトヴとの表記だった。当然だがイーハトーブとイーハトヴは異なる。それどころか賢治は、イーハトブとの表記も試み、イーハトーボともイーハトーヴォともしている。この賢治の「賢治性」に対峙するためには作品名に二重鉤括弧を付ける、付けないにこだわる私の姿勢は、自分で断言してしまうが、妥当だ。そこまで言い切らないでもいいとは思うから、まあ、「私の姿勢は有効だ」と書き換えておこう。

グスコーブドリの伝記には問題がある。たとえば、この作品は徹底的に統御されている。それは、完成されている、と言い直しうる次元にある。どうして完成がいけないのか？　まず第一に、賢治の不統一癖は「世界に豊かな種を蒔く」との結果（＝文学的成果）につねに結びついていたから、と言える。隣りあったページとページ、行と行とで異なる書き方が現われることは、そこに「表記の雑種化、表記の多様化」を孕ませていた。一つの種の植物が、違う咲き方、違う色彩を見せる育ち方をした、ということだ。また、誰もがわかるだろうがイーハトーボとイーハトーヴォでは同じものなのに異なる。どうして、ボとヴォは異なるのか？　ということだ。賢治は世界を生き残らせるために「ただ一つの」という形容に回収される書き方は避けた。

なのに賢治はグスコーブドリの伝記で徹底的に作品を（なかでも構造を）コントロールしようとしている。もしかしたら、事実としてコントロールできている。そのことに私は疑問を感じている。

どうして賢治はそのような意思を持ったのか？　過去に私はグスコーブドリの伝記が「賢治の自伝のようなもの」、いわば「賢治がそうなろうとした（賢治ではない）賢治伝」

だという言葉にいろいろな文献で触れた記憶がある。だから重要なのだ、と。とすると、ここで賢治はなりたい自分を描き切ったわけだ。このことと統御という言葉は通じる。しかし、少し私は唖然とする。なんだって？　理想化された自分だって？　それを書き切っただって？

たとえばだ。『雨ニモマケズ』という詩に触れて、だから賢治は偉大だという人がいる。しかし、忘れてはならないのはサウイフモノニ（そういうものに）ワタシハナリタイ（私はなりたい）との一文でこの詩が終わっている点である。つまり、賢治はそういうものになっていない。そういうものではない。さらに言えば、『雨ニモマケズ』というタイトルの詩は存在しない。これは、詩の一行めを仮にタイトルにしただけだし、これは詩なのかも疑わしい。この文章は、賢治の手帳に書かれた。詩としてまとめられていない、と私は思っている。この手帳のこの文章の記された頁の対向ページには南無妙法蓮華経と大書され、他にも南無なになに菩薩、南無なになに如来など、大書された南無妙法蓮華経の左右に三つずつの南無……が配されている。筆記具は同じだ。普通に考えるならば、『雨ニモマケズ』という一つのステートメントはこの南無の連打で終わった、と見るのが妥当なのではないか？　そしてそれは、自らを叱咤するステートメントだった。叱りつける覚え書きだった。

そう感じる時、私は賢治に大きな敬意を払う。

そうではないと人が感じる時、何を馬鹿な、と思う。

ところで図の中央に南無妙法蓮華経の題目が大書されて、その周囲に十界が書かれたものを日蓮宗では十界曼荼羅と言う。賢治のその、手帳の、サウイフモノニワタシハナリタイの対向ページもまた十界曼荼羅だと言える。ここで私は曼荼羅という言葉をグスコーブドリの伝記の世界を解釈するために転用したい。もしもこの文章がグスコーブドリの伝記の評論であるのだとするならば（「この文章」とは『グスコーブドリの伝記　魔の一千枚』と題されたこれを指す）、どのように各論は配しうるか？　曼荼羅として？

再話　兄妹　飢餓

自伝　殉難　化物

天災　科学　音楽

暫定的に、このように視覚化される。しかし、それにしても、この文章はいったい何なのか？　私が今、書き綴っているこの文章、この『グスコーブドリの伝記　魔の一千枚』はなんだ？　何を試みている？　私は、もちろん宮沢賢治に敬意を払う。そのことはもう書いた。また、それを「理解してもらう」ための文章であれ、文章以外の活動であれ、そうしたことは蓄積してきた。その果てに、私は何をしようとしているのか？

私はグスコーブドリの伝記をここにまとめてみる。作品を粗筋に回収する、のは私の好むところではないが、あえてそうする。

イーハトーブという土地（国）の森に、グスコーブドリという少年がいる。しかし飢饉が訪れる。グスコーブドリの父が一種の自死を選ぶ。子供たちは棄てる。母も同じ道を選ぶ。子供たちは棄てる。グスコーブドリ（以下「ブドリ」）には三つ年下の妹・ネリがいるが、これはさらわれる。森の外れまで行き、ブドリはある工場で働く。その後、完全に森を出て、農家で働かせてもらう。農家も旱魃《かんばつ》その他があって大変だ。ブドリは六年後にそこを離れる（解雇される）。イーハトーブの市、すなわち大都市に出る。ある学者の推薦で、イーハトーブ火山局に職を得る。そこで「天災の人為的制御」に努める。妹・ネリとの再会もなる。二十七歳の年にイーハトーブを寒波が襲うらしいとの予測が行なわれて、事実、そのように推移する。しかし、ある火山を人為的に爆発させれば、「それが『地球規模の温暖化』を招いて、イーハトーブの凶作は回避しうる」とブドリは知る。この計画の実行には誰か一人が火山の爆発とともに死なねばならない。ブドリはそうする。ブドリの犠牲は多くの「イーハトーブの人たち」を救済する。

こうして粗筋にまとめるだけで、私の手は震える。賢治は、どうしてこうも間違ってしまったのか？　どうして？　あれほどの人物であった賢治が？

そもそも私は、こんな文章は人前に出したいとは思っていなかった。しかし、書かざるをえない。しかも、この「序」に与えられた紙幅はもう尽きようとしている。だとしたら、私は考えつづけるだけだ。私は魔の思考領域に墜ちる。

　ある作品が前世を持つということはいったいどういうことなのか。そして、その作品が横死を遂げたような様相を示していて、ゆえに転生し、かつ、読者としての〝私〟が前世のほうを愛しているのだとしたら、どういうことになってしまうのか。もう少し人間を譬《たと》えに出した一般論ふうに進めよう。ある人物Ａがいる。そのＡを愛している別の人物Ｂがいる。Ａが事故死して、人物Ｃに生まれ変わる。神の手がそこに介入したためだろうか、Ｃは前世において「不完全であった部分」を十全に満たされて、いわば〝完成された美〟を有していた。このＣがＡの転生体であることにＢが気づき、さて、どうなるのか？

　ああ、Ａはこんなにも見事なＣに生まれ変わった、素敵なことだ、とさらに愛する。

　あるいは、ああ、Ａはこんなにも見事なＣに生まれ変わったのだから、もうＡではない、と愛せない。

　こうした問いは〝私〟を苦悩させる。

ではグスコーブドリの伝記だ。この宮沢賢治作品には前世がある。題名を『ペンネンネンネンネン・ネネムの伝記』という。ただし、仮題である。本来の題名が不詳であったゆえ編集者がこれを付けた。とはいえ、この仮題のあり方から容易に察することができるだろうが、グスコーブドリの伝記という作品のほうはグスコーブドリ（＝ブドリ）を主人公としているわけだから『ペンネンネンネンネン・ネネムの伝記』はペンネンネンネンネン・ネネム（以下「ネネム」）を主人公としている。とはいえ、これは深く掘り下げなければならない問題でもあるが、グスコーブドリの伝記には主人公ブドリの指導者的なキャラクターとして「技師ペンネンナーム」が登場している。この人物もまた略称されて、しばしばペンネン老技師と表記される。つまり、ここで輪廻転生の構造がひねられている。『ペンネンネンネンネン・ネネムの伝記』からグスコーブドリの伝記が生まれたわけだから（もちろん「そうではない」と断じる研究者もいるらしく、その断じ方を私は「潔い」と感じている）、作品が生まれ変わるのと同時に主人公も生まれ変わって当然と思ってしまうのだが、もしかしたら前世の主人公は現世の脇役に転生したのかもしれない。つまり前世のネネムはペンネンナーム（＝ペンネン）となり、主役の座は初登場となる者に奪われた。前世で、彼がその構造のうちに置かれていた座を、新たな主人公ブドリがとって、同じ構造——の道程——を生き直そうと試みている。ふたたび冒頭の一般論を借りれば、Aという人物が死んでしまった世界がある。その世界で、Aが生きていた環境があり（たとえば親がどういう人物だった、どの土地に家があった、どういう学校に通わねばならなかった等)、この環境をCが生き直す。しかも、AとCは最初から別人なのだ。

要するに、私たちは「輪廻転生がある」と設定・認識した時、ついつい前世→現世→来世と流れる世界を想い描いてしまうが、前世の構造が幾度も繰り返されて、その構造の内側につぎつぎと別々の人間が投じられたら、これはどういう輪廻なのか? という問いが生じる。

一般論から外れたほうがいいだろうから極端な形に走る。私は古川日出男だ。一九六六年に福島県の某地で、某家庭に生まれた。そして、最終的に小説家になって、この文章をしたためている。さて、同じ一九六六年に、福島県の同じ某地で、同じ某家庭に私以外のキャラクターが生まれ落ちたとしたら、この「古川日出男」は何になるのか? 今、この文章をしたためているのか?

これを問うこともまた輪廻を問うことであって、グスコーブドリの伝記という作品内に(老技師の)ペンネンが現われ出ることは、じつは単純な輪廻転生システムを賢治はこの転生劇(『ペンネンネンネンネン・ネネムの伝記』→グスコーブドリの伝記)に持ち込まなかった、ということを示唆している。かつ、興味深いのは、ペンネンが老いた人物であることであって、たとえば私・古川日出男の前述の輪廻がじっさいに起きたとする。その時、私ではない人物が「古川日出男」を生き直しているのだが、その生き直している「古川日出男」を観察しうる、現在の年齢かそれ以上の古川日出男が同じ世界に存在しうる、ということになる。当然、私は彼にこう生きたほうがいいだとか、こういう事件があったときはこっちを選択したほうがいいだとか助言するだろう。あるいは、したいと思うだろう。すなわち私・古川日出男は「古川日出男」の指導的なキャラクターとなるだろう。こう考えた時の説得力が、非常に面白い。

が、私は、賢治作品の読者としての〝私〟の観点から進めようとしている論より、だいぶ脱線した。そこに戻る。きちんと軌道に乗せ直す。

とある作品があり、その作品が新しい作品に生まれ変わる。これを転生と定義する。しかし、当たり前だが、転生との語を用いる以上、ここには死が要る。人だろうが人以外の動物だろうが作品（詩・小説・戯曲等）だろうが、間に〝死〟が挟まれなければ転生の――〝転生〟だと証される――資格を得ない。つまりグスコーブドリの伝記を『ペンネンネンネンネン・ネネムの伝記』の生まれ変わりなのだと見る時、ああ賢治はこの作品を殺《あや》めたのだな、と考える必要がある。その姿勢が必須だ。

私は『ペンネンネンネンネン・ネネムの伝記』が好きだった。

いや、〝だった〟と過去形を用いるのは妙だ。好きだ。しかし、『ペンネンネンネンネン・ネネムの伝記』の死のうえにグスコーブドリの伝記の誕生＝再誕があるのならば、やはり過去形が適切になる。

再話とは何か。昔話や伝説、民話といったものを現代的な表現に改めること、と複数の国語辞典にある。『ペンネンネンネンネン・ネネムの伝記』の再話がグスコーブドリの伝記と言ってよいのか。『ペンネンネンネンネン・ネネムの伝記』がきわめて伝説、民話的な世界観を採用しているから、よい、と言える。あくまで〝的な〟であって賢治の独創が『ペンネンネンネンネン・ネネムの伝記』には満ちている。

たとえば私たちの世界には太陽がある。

が、『ペンネンネンネンネン・ネネムの伝記』の世界には太陽はない。代わりに〝お「キレ」さま〟がある。

私たちの世界には森がある。森は、森である。

『ペンネンネンネンネン・ネネムの伝記』の世界にも森があるが、森では昆布がとれる。森は海である。

私たちの世界では人は人である。

『ペンネンネンネンネン・ネネムの伝記』の世界では、人はばけものである。

このように反転しているのだ。反転していて、全篇、愉快だ。主人公のネネムも当然ばけものであって、そのネネムのいる世界に飢饉が訪れ、ネネムの父（青ばけもの）が一種の自死を選び、子供たちを棄て、母も同じ道を選び、子供たちを棄て、ネネムには妹のマミミがいるのだが、これはさらわれる。そこからネネムの立身出世の伝記が描かれる。ここには痛快さがあり、教訓がある。

三つ、書き落とさないようにしておきたい。一つは、『ペンネンネンネンネン・ネネムの伝記』は「冒頭原稿数枚焼失」の注から始まり（だから表紙もないし本当のタイトルもわからない）、お終いには「以下原稿なし」との注があること。これらは事実そうであるのだろうし、私も長いあいだ「この『ペンネンネンネンネン・ネネムの伝記』は未完だ」と認識していたが、数日前にひさびさに読み返してみて、もしかしてこのエンディングはエンディングとして万全に成立しているのではないかとも感じられてしまった。つまり「以下原稿なし」の注を読むことで、私はずっと「この作品は事故死した」と思った、思わされてきたのだが、もしかしたら、そのような夭逝がそもそも演出されていたのではないか？　これは誤解だし誤読だ――もちろん、もちろん。だけれども、この誤に立脚する可能性のことはずっと考えていきたい。もしも、「自分の人生はここで唐突に終わらせる」と決めた人物Aがいたとして、そのAが目論見どおりに横死して、のち、Cに転生したのだとしたら、これは〝完成された美〟を後生《ごしょう》で獲得するための大きな条件となる。もちろん、賢治がそう考えたのではなかろうが、むしろ一般論に当て嵌めた時に、不思議なほど式（方程式）が成り立ってしまう。しかも画期的な証明ができる。

　二つめ。そもそも『ペンネンネンネンネン・ネネムの伝記』はなぜ世界を反転させているのか？　人が人である世界を反転させ、ばけもの世界はできあがっている。これは明らかに「反転させることによって、何かを寓話的に視《み》ようとした」のだと感じられる。が、問題はその先にある。グスコーブドリの伝記は、ふたたび人が人である世界に戻った。戻って、生まれ変わった。つまり、「現実を反転させて創出した世界」を、いま一度「反転させて創出した現実に近い（より近い）世界」がグスコーブドリの伝記なのであって、ここには無意味さばかりが際立つ。仮に、賢治が「俺は『ペンネンネンネンネン・ネネムの伝記』という作品を殺す。そののち、来世に送る」と意を決したのならば、次の作品は完璧に現実に根を張らなければならなかった。この世界を描かなければならなかった、ある意味ではリアリズムで、ということだ。このことは決して等閑《なおざり》にできない。

最後に、三つめ。グスコーブドリの伝記でも『ペンネンネンネンネン・ネネムの伝記』でも、主人公の妹をさらう男はその突如の去り際に「おおほいほい」または「おおホイホイ」と声を出す。この声は共通する。この声は「おおほいほい。おおほいほい」または「おおホイホイ。おおホイホイ」と二度繰り返されて書かれているから、リズムを有していて、明らかに歌であって、この歌は前世／現世に共通している。あるいは、歌は反転していない、とも断じうる。このことは何を示すのか。そして、どうして歌に関わるのは妹なのか。

マミミ（ネネムの妹）よ。あるいは、ネリ（ブドリの妹）よ。

（主人公の愛する）ばけものよ。あるいは（主人公の愛する）人よ。

ここに何があるのか。ほら、この論のための紙幅が尽きた。

私がグスコーブドリの伝記を書き直したいだとか、賢治はグスコーブドリの伝記を「完成されている」とも言いうる次元で書いてしまった、それに関しては残念に思うだとか、グスコーブドリの伝記には前世があって題名（仮題）は『ペンネンネンネンネン・ネネムの伝記』というのだとか、そういうことを口にしながら、そういうことを口にしている自分を許している根拠は、たぶん賢治が『農民芸術概論綱要』に記している著名な一行にある。私は、今回、二つの文章をグスコーブドリの伝記ではないものから引きたいのだが（言わずもがな、どちらも賢治の作品ではある）、その一つめに、この『農民芸術概論綱要』からのフレーズを挙げておきたい。句点もない文章だからそのまま引用する。こうだ。

永久の未完成これ完成である

ここには力強さ、説得力が具わっていて、ゆえに『ペンネンネンネンネン・ネネムの伝記』が再話されることが是とされ、その再話された物語を私が「書き直したい」などと不遜に言ってもしかしたらまったく不遜にはならないのではないか、と信じさせるところがあり、と同時に、グスコーブドリの伝記にひとつの〝完成〟が感じ取れることはだからこそ誤りなのだ、と思わせる拠《よりどころ》があった。あった、と過去形にしたのは、そうした早急な結論の出し方はそうとうに不遜だ、と私が自覚するためである。痛烈に自覚する。二つめの引用に進む前に、それではグスコーブドリの伝記のエンディングを問いつつ余裕があればグスコーブドリの伝記の導入（章を挙げるならば「一、森」章）に目をやる、という形でここからは思索を深めたい。

その生涯をひと言にまとめるならば宮沢賢治という人物は菩薩になりたかったのだと思う。だからこそグスコーブドリの伝記は偉人・宮沢賢治の自伝視される。菩薩とは何か、をシンプルにまとめることはできないが――これは仏教の発展・伝播との関係に因《よ》る――ここでは「究極に利他の者」と言えるだろう。すでに悟りは開いていて、しかし衆生を救わんとする。まさに大乗の教えを体現する人だ。そして、グスコーブドリの伝記のエンディングは、いかなるものだったか？　ひどい寒波がイーハトーブという国を襲う予測がなされている。が、ある火山を人為的に爆発させれば、これを回避できる。この計画の実行には誰か一人が火山の爆発とともに死ななければならないとされ、その〝一人〟に主人公＝ブドリが志願する。ブドリの死は、イーハトーブじゅうの人たちを救済する。と、こういうものだった。ここでは主人公の犠牲が、究極の利他行為とされている。しかし私は考えてしまうのだ。それでは、私は菩薩になりたいのか？　いいや、思わない。どうしてか？　仮に菩薩ほどの存在になって、常人以上に物事を見通せて、仮に「こうしたケースで命を犠牲にするのに相応しいのは、（私ではなく）誰それである」とも見通せてしまったとしたら、どのようにしたらいいのか皆目見当がつかないからだ。自己犠牲には当然ながら陶酔が伴う。恍惚、すなわち宗教的恍惚だと断じてよい。しかし、利他行為として「誰かを――誰か〝一人〟を――死に追いやる」または「『死に追いやりたいのだが』とその〝一人〟を説得する」ような事態が生じた時、どう振る舞ったらいいのか？　私の足は竦《すく》む。

　机上の空論というのとは少し違う。グスコーブドリの伝記が天災（とそこから生じる飢饉、悲劇）を扱っていて、これを人災（火山の爆発と地球規模の温暖化）によって解決しようとしている、との設定があるのだから、ここでは天災によって惹き起こされた人災、それも記憶に新しいもの、をちょっと考えてみよう。私はもちろん東日本大震災のことを言っているのだ。原子炉がメルトダウンする。あるいは、メルトダウンしかけているか、メルトダウンによって国中に悲劇を拡散しようとしている。それを現場で止めようとする者たちは、被曝する。究極は、たった一人の人間が「原子炉のとある装置」に接近することによって、そこにとどまって作業をすることによって、事態は回避されるのだが、その一人は確実に命を落とす、とする。

では、私たちは、誰をその〝一人〟にするのか？

二〇一一年三月当時をふり返ると、「東京電力の人間（技術者）であれば、それに相応しいな」とかなりの日本国民が思っていた気がする。

すなわち、東電の人間ならば、ここで――このケースにおいて――命を犠牲にしてもいいんじゃないのか、と。被曝死したとしても、まあそれはそれでいいんじゃないのか、と。だから「東電よ、責任をとれよ！」の大合唱も起きたのではないか、と私は少しばかりゾッとしながら、今、思う。


大多数が救われるために、少数は、あるいは個人は……〝一人〟は……死んでもよいのか。あるいは、志願者がいるならばそれでよい、のか？　だが、志願者というのは「（自覚はないにしろ）強いられた」志願者であって、結局は誰かが「（自覚はないにしろ）強いている」のだとしたら、そのように他人《ひと》を死地に送り込める資格とはなんなのか。誰が、どのように、送り込むのか。菩薩であれば、真理を見通しているからと許されるのか？　仮に菩薩が本当にそれを見通せているのだとして、だ。さあ、問おう。このまま連想を続けよう。神風特攻隊とはなんだったのか。人間魚雷の「回天」とはなんだったのか。あるいは自爆体当たり用の高速ボート「震洋」というのもあった。体当たり用のロケット「桜花」もあった。そもそも本土防衛のための沖縄戦があった。大多数のために、少数あるいは個人が死んでもよい、とは何か。結局は死だ。死だ。ある民族の（民族的な統一の）理想のためのホロコーストとは何か。

いや、これは行き過ぎだし感傷的だ。私は憤ってはならない。私は、ただ問いたいのだ。菩薩たちが、人の姿で慈悲を施すとして、その菩薩に訊きたいのだ。あるいは菩薩になりたい人間に、少し落ち着いた声で尋ねたいのだ。「自己犠牲はいいんだが、同じ結果（すなわち悲劇の回避）が、あなたが犠牲になることではもたらされないとして、あなたの愛する者の犠牲で実現するのだとしたら、あなたはどうするのだ？」と。

知らない他者を生け贄にする時、人は論理《ロジック》で「まあ、それは仕方ないな」と考え（う）る。

だが、それが愛する人だったら、どうするのだ？

私は、これに関しては、賢治に尋ねるのはやめる。賢治が書いたグスコーブドリの伝記内の主人公の、たとえばブドリに尋ねる。「君の妹のネリが死ぬことで、イーハトーブじゅうの罪なき家族・数百万人が悲劇から救われるという事態がここから生じるのだが、君は自らの命をさしだせたように、ネリの命をさしだせるかい？」と。「君は死なないよ。ただネリだけが犠牲になる」と。

ここで第二の引用に入る。『銀河鉄道の夜』だ。カムパネルラという登場人物は、級友を溺死させまいとして、自ら水死した。その死者のカムパネルラは、生きている母親を思って、死後の世界である列車内でこう語った。

「ぼくわからない。けれども、誰《たれ》だって、ほんとうにいいことをしたら、いちばん幸《さいわい》なんだねえ。だから、おっかさんは、ぼくをゆるして下さると思う」

だが、愛する人、と私は書きながら、そうした愛する人にも二種類あるのだ、とは私はまだ書いていない。一つは、肉体的にもつながってしまっている愛する人（たち）だ。たとえば親子のうち、母と子供は、この世に後者が生まれるまでは事実として「同じ肉体」に二人がいる、という形をとっている。ここには一体化があった。あるいは恋人、伴侶、そうした類いは、性交と、性交に通ずるようなスキンシップを通して、やはり肉体的な融《ゆう》化《か》を遂げる。これらの範疇にあれば、「犠牲にする／強いる相手は、実は、自分の一部である」とも考えうる。自己犠牲の変形なのだ。

しかし父親はそうはならない。

それから「きょうだい」も。

愛する人が「きょうだい」である時、これは（一般的に、通念的に）肉体的なつながりは経ない。しかし他者ではない。とても他人とは言い切れない。この微妙な〝宙ぶらりん〟があるから、宮沢賢治という作家は、グスコーブドリの伝記という作品の中で、何かを問わずにすんだ。あるいは、ブドリに「考えさせる」ことをしないですんだ、とも推測しうる。そして、賢治がそもそも性的な関心を異性に対して持たず、母親よりも父親の存在のみをその生涯で意識しつづけ、かつ、家族内の最愛の者は妹トシであって、この「きょうだい」は早世したとの事実があるのならば（そのように仮定するのならば）、かろうじて見通せるものはある。それがあるからこそグスコーブドリの伝記は成立しえたのではないか、と推し量れるものが。私がこんなことを書いてしまうのは、もちろん私が、普通の――普通の？――日本人の、その当時の一般的な――一般的な？――家庭環境に比較すれば、母親に抱かれて授乳されていた時間が極端に短かったと想われるし、父親に抱かれたことはほとんど一度もなかったのではないかと推測されて、そうしたことが原因で結局は小説家になった（ならざるをえなかった）、との事実に照らしているからで、その照射があるからそうしているのだ。

だから私は、ここからは、誠実にならなければならない。誠実になる、とは、私の妹を登場させることだ。私の妹が、私に問う。「あのね、日出男君、あたしの命が奪われれば大勢の人たちが救われることがわかった。で、あたしを殺すかしら？　あるいはあたしを、殺す人の手に委ねるかしら？」

私の妹の名前はネリという。古川練《ねり》。しっかりと物事を練る子。

菩薩は人を殺せるだろうか？

飢餓論

古川練《ねり》は一九六九年に古川日出男の三歳年下の妹として福島県の某地の、某家庭に生まれた。いや、こんなふうに〝某〟だなどと濁すのはよそう。福島県の郡山市に生まれた。その家は、農家で、通常の農家とは違って椎茸栽培を専《もっぱ》らにした。私の記憶が正しければ、椎茸栽培とは第二次特殊林業に分類される。つまりその意味では農業ではない、ということだ。農業を生業《なりわい》にはしていない農家に古川練は生まれた。二女だった。長兄とは齢《とし》は十二離れている。長女とは九つ。

親しい兄姉《きょうだい》は日出男だった。つまり私だ。

私は、だいたい四歳頃には練の面倒をみていたと思う。思うというか、気がする。基本的にはそばにいること、目を離さないこと、それが〝面倒〟の全部だった。そうやって私が練を見て、私以外は仕事だのなんだのに没頭している環境で、私の妹はほとんど不可視の子供のようにも扱われた。しかしかまわないのだ。私が見ているのだから。私は兄と呼ばれたか？　全然呼ばれなかった。最初、ひーと言われた。日出男のひだ。それが伸ばして発音されて、ひー。ひー兄《あん》ちゃんと呼ばれた時期もあった気がするが、しかし長くは続かなかった。それはなぜか。古川練にとって、私は、ほとんど年齢が等しい存在に感じられたため、と言える。これは勝手な推測というのとは違う。以前、当の練がそう言ったことがあるのだ。以前とは何十年も昔のことだ。そう言われて私は納得したのだけれども、それには理由がある。私もまた、練とは年齢が近しいように感じていた。しばしば感じていて、ほとんど等しいのだとも時に思った。だから「ひー、あのさ」と語りかけられるのが当然だったのだし、それから「ひでお」と言われて、じきに――これは漢字で呼ばれていると体感しているとしか説明できないのだが――「日出男君」と言われ出した。今もそうだ。最後のやつだ。それから、これは私が二十歳《はたち》を過ぎてからのことだが、練は私と同年齢であるのと同時に、十《とお》は離れているのではないか、と感じるようにもなった。まるっきり年齢が下の下の下の、いつまでも〝子供〟というものを体現しつづけている妹。そうした意味では二重の存在でもある。

　しかしどうして私は練が「十も離れている」と感じるようになったのか。

　これは私が福島を去り、東京に来たことと関係するのだ、と思う。

　いったん郷里を断《た》つという行為が、何事かを生じさせて、その時、唯一の（心理的な部分での）紐帯《ちゅうたい》が妹の古川練であるということになって、すると甦ったのだ。私が見ているから、妹はこの家庭内に存在するとの意識が。そして妹もまた私を見返していて、だから私は生きることを許されているとの感情が。そうした関係にあったのは、前述したように私が四歳を迎えたあたりからで、いわゆる思春期において関係は変わったのだと思われる。自分のことは明快には分析できない。が、私が、「断ち切った故郷」と考える時、そこに手つかずであるものは乳幼児期から十歳には至らない時期までの妹だ、その姿だとはわかる。すなわち小さいのだ。どこまでもどこまでも小さいのだ。そうした妹がほとんど永久にいて、あわせて成長しつづける妹がいる。こちらの妹は、実年齢では三歳離れているのだが、ほぼ同年齢に感じられる。

「グスコーブドリの伝記のなかで」と古川練は言う。「ネリは、ブドリの三歳下だね？」

「そうだ。あの妹は、そうだ」と私は答える。

「そのことはあたしに、いろいろと想像させたよ」

「あの話を、読んだ時に？」

「聞いた時に。日出男君、読んだじゃない？　ほら、読み聞かせみたいに」

「そうだった」と私は答えた。私は朗読したのだ。私はいまだ声変わりを迎えていなかった。だが朗読したのだ。それも何度か――何度も。

「ネネムは読まなかったね」

「『ペンネンネンネンネン・ネネムの伝記』は？」

「そう」

「うん、読まなかった。あの物語が書かれてることを、東京に来るまで、知らなかったから」

「あそこにも妹が出るね。ネネムの」

「名前はマミミだ」

「何歳離れているの？」

「書いてなかったと思うな。単に小さなマミミとしか、語られてなかった」

「あの二つは不思議だね」

「グスコーブドリの伝記と、それから『ペンネンネンネンネン・ネネムの伝記』――」

「あたしは」と古川練は語りつづける。ずっと語る。「ネネムのほうは冒険のある世界で、ブドリのほうは冒険のない世界、って感じたの。そして、二人の妹がいて、マミミのほうはあたしに近いか、あたしが理想にできるようなキャラクターで、でもおんなじ名前の……つまりブドリの世界の……ネリは、あんまり近い人間じゃないなって、そう思った。もしかしたら名前がおんなじだったから、よけいに思った。違うって。つまりあれは二種の妹だね？　日出男君がさ、何年前かな？　それとも十五、六年も前かな？　あたしに〝二種の妹〟って、そういう言葉を使って説明したよ。憶えてる？　でも、その二種類が、どっちも人買いにさらわれたんだって。人買いというのとはこれは違うのかもしれないけどね。人さらいではあるね。そして、人さらいが現われるのは、直接的には世界が――どちらの物語でも――飢饉になったから。そのために、ブドリだのネネムだのと、それぞれの妹が、森に取り残されたから。両親《おや》なしに。ここで大事なのは、舞台が森で、そして兄妹《きょうだい》の前から父親が、それから母親が消える、ということだね。これは共通の要素。共通の展開。そして、誰に対して大事なのかって言ったら、あたしたちにとって、だったね。あたしたちが、もともと、椎茸を育てるための森を身近に感じていたから。森はあたしたちのそばにもあった。けれどもあたしたちは森のなかに生まれたというのとは違う。でもあたしたちは森のことならばわかった。それで両親《おや》のことだけれど、ネネムの父親は青ばけもので、いっぽう、ブドリの父親は名前があって、名前がちゃんと付いていて、グスコーナドリだったね。このグスコーナドリは名高い木樵《きこ》りだったね。ここにも違いというのがあって、あたしたちにはどっちの父親が似ているんだろう？　あたしたちの父親に？　でも、日出男君とグスコーブドリの伝記を読んだ時、読んでもらった時、あたしはまだ『ペンネンネンネンネン・ネネムの伝記』は読んでいないから、こんなふうにどっちがなんて考えない……それで……」

「それで？」と私は訊いてみた。練が間《ま》を置いたからだ。私の妹の古川練が、その瞬間、三十秒も四十秒も、なんだか黙ってしまったからだ。その黙り方は切実だった。

「飢饉が森に来た。実際には森だけじゃなかった、イーハトーブじゅうに……。さあ、こういう時に、両親《おや》はどうするんだろうね？　つまり、家族四人が食べられる食糧は、もうない。それに近い将来手に入るとも思われない。ブドリの父親は、あとネネムの父親の青ばけものもそうだけど、森に入ってしまうね。森の、きっと深い深いところに。そして帰ってこないね。母親は、それから少しして、やっぱり消えてしまうね。母親も帰ってこないんだね？　ブドリの母親は『お父さんを探しに行く』って言ったんだね？　きっと、それは嘘で、きっと、この二人は、〝戸棚にある粉《こな》〟を子供たち二人だけに分けようと、死にに行ったんだね？　森の深みに。その粉って、蕎麦粉《そばこ》と、あと小楢《こなら》の実とかだったね？　で、そのあと、人さらいが来る。あたしがさらわれる。さあ、これでいいの？」

私は声を出さなかった。

真剣に問いかけているとわかったから、答えなかった。

これは妹の、自問でもあるのだ。むしろ自問でしかないのだ、古川練の。

「設定だけを言うね。ここに四人家族がいます。そして飢饉が訪れます。家族の構成は、父親、母親、十歳から十二歳になる男の子、七歳から九歳になる女の子で、宮沢賢治はこれを満年齢の数え方をしていない時代に書きましたから、今で言えば十歳の男の子は九歳か、八歳？　そしてネリは七つと書かれた不作の初年に六歳？　五歳？　さあ、この一家は、どういう選択をしたらいいのでしょうか？　四人が食べていける食物《もの》はないのです。さあ、何をしたらいいのか」

古川練という、私の妹は、恐ろしいことを考えている。恐ろしい選択肢《オプション》を想像している、と私には感じ取れた。四人は生き残れないという環境にある場合、誰が生き残りの優先権を持つか？　持たされるか？　しかも、半数は親、半数は（自活能力のない）子、という関係にあって、どのような判断が為《な》されうるか？　まして「全員が餓死する」未来も予想しうる時、何が最善か？

「だけど、あたしは思うの。こうも思うの。もしもいちばん弱い存在が……一家の最年少の、その女の子が、ネリって名前じゃなかったら、あたしはこの問いかけを発見できなかったかもって。そうじゃないかしら、日出男君？　そしてあたしはつねに、練というこの名前であるからこそ、あたしの命が大勢の命と秤にかけられた場合、あたしは『奪われることもある』と発想する。あたしの、命が。だって、あたしが生き残ったら、代わりに誰か死ぬよ？　もしかしたら数百万人が死ぬよ？　さあ、あたしはどうしたらいい？　そして、あたしがどうもできないで、その判断を下すのが日出男君だったら、どうするの？」

この刹那、私は菩薩を探すと言いたかった。

しかし、答える前に練は続けた。それは古川練による、ブドリの再話《リミックス》だった。ブ、ブ、ブドリ、の？

（ほとんど百話にならんとする再話《リミックス》がほとばしる）

わたしの人生には、三つの段階があります。九歳までと、九歳のとある三日間と、その後の、やっぱり九歳からです。それぞれの時期を、第一段階、第二段階、第三段階と名付けましょう。

第一段階は、さらに二つに分けられます。

美しかった日々、どこまでもどこまでも楽しかった日々と、それが壊れてからです。

第二段階は、三日間と言いましたけれども、正確にはわかりません。二日かもしれない。四日かもしれない。だいたい三日だった、と感じているだけです。わたしにとっては、それは、三日ばかりの体験だったのです。

もしかしたら、数えられない日々なのかもしれません。

これは恐ろしかった日々です。ただただ、恐怖でした。

第三段階は、それ以降です。今に至るまでです。ちなみに今、わたしは十九歳です。十年が経過したのだ、と言えます。この第三段階に入ってから、十年が経過したのだ、と。

ここには恐怖はありません。もちろん初めは恐かった……恐ろしさをひき摺《ず》っていましたが、そして、おっかなびっくりでしたが、しかし果敢に挑みつづけて、今わたしは、楽しい日々の内側にいます。美しいもののなかにいます。

それで、先に打ち明けてしまいますが、第二段階にばけものはいます。

はい。

ばけもの、です。

わたしは、わたしの立場から、それを語ります。

イーハトーブの大きな森のなかに、兄同様、わたしは生まれました。兄とわたしは、始終、遊びました。どんな遊びをしたでしょうか？　いっしょに空のほうに顔を向けて、ぽう、ぽう、と言うのです。これは山鳩の鳴き真似です。すると、どうなったでしょうか？　あちらからもこちらからも、睡《ねむ》そうな鳥の声が、ぽう、ぽう、と鳴いて返すのです。

それから、木苺《きいちご》の実を採って、湧き水に漬けたりしました。蘭《らん》の花をブリキ缶で煮たりしました。

兄が学校に通い出すまではそうでした。

兄が学校にあがったからわたしたちの〝楽しさ〟が変質した、というのではありませんよ。兄は、わたしの三つ上です。兄は、学校に行っても、昼過ぎには戻ってきますから、またいっしょに遊べます。遊びます。たとえば、ホップの蔓《つる》が両方からのびて門のようになっている白樺の樹に、「カッコウドリ、トオルベカラズ（郭公鳥、通るべからず）」と赤い粘土や消し炭で書いたりしてね。

変質は、わたしが七歳の年に、起きたのです。はじまったのです。

飢饉です。

飢饉とは、その予兆があって、その始まりと展開があって、それから本当の飢饉になりますから、じつは何年もが飢饉の年だったりします。わたしが七歳の、春から、太陽《おひさま》が変に白いということがあって、五月に、霙《みぞれ》がぐしゃぐしゃ降って、七月に、ぜんぜん暑さが来ないで、秋に、穀物が実らないで、つまり、これが飢饉の訪れです。けれども――

――まだ、誰も飢えて死んではいない。

そして冬。そして翌《あく》る春。わたしは八歳です。同じことが繰り返されます。天候がおかしいのです。この秋、とうとう本当の飢饉になります。この冬、飢えながら飢えながら、わたしたち家族は過ごします。兄と、父と母と、わたしです。父と母は、なにかひどい病気のようでした。春になると、そうだったのです、ひどい病気のようでした。春になったので、わたしは九歳でした。

父が失踪します。「俺は、森へ行って、遊んでくる」と言って。

次の日、母も家を出ます。わたしと兄に「戸棚にある粉を二人で少しずつ食べなさい」

と言って。

兄はこの時十二歳です。わたしたちは、戸棚の、蕎麦粉《そばこ》をなめて（それから小楢《こなら》の実も食糧にして）二十日ばかりを過ごします。二十日ばかりを、ぼんやり過ごします。

そこまでが第一段階です。わたしの人生の、第一段階です。

第二段階は、この声で始まります。

「こんにちは。誰かいるかね？」

戸口でそう言ったのは、籠を背負《しょ》った目の鋭い男でした。わたしたちを、餅を餌にして、、、、奇妙に説得して――しようとして、それから、わたしを籠に入れて、攫《さら》います。兄が叫びます。「泥棒！　泥棒！」と。

わたしたち兄妹《きょうだい》は別れます。

それから三日間……三日だったのでしょうか、二日かもしれないし四日かもしれない、正確には数えられない日々……わたしはその男といます。ばけものと、です。もちろんわたしは、ひたすら戦慄《わなな》いていたし、ほとんど記憶がない。何も、憶えていないに等しい。ただ、これは憶えています。男は――ばけものは、最後に、こう言ったのです。

「面倒だ」と。「お前は、もう、厄介だ」と。

そして捨てられて、わたしの第二段階は終わります。

第三段階。わたしは、牧場の近辺に捨てられて、そこをひとり、泣いて歩いて、それから、牧場の主人に拾われて、きっと同情されたのですね、その家の、赤ん坊のお守《も》りを任されます。仕事です。わたしは、労働の口を見つけたのです。人生の第三段階のわたしは、九歳にして就労者でした。そのことを、わたしはこうした「就労者でした」という言葉などは知らないうちから、胸の奥の奥底で理解していました。だからわたしは、なんでも働こう、と決心していました。実際、なんでも働きました。だから牧場から放り出されることはなかったのです。牧場の主人からも、その主人の一家の全員からも、信頼されました。信頼されて、どうなったか？　わたしは、長男と、結婚することになったのです。十六歳の時です。いえ、十五歳だったかしら。

そして今は十九歳です。

まだ子供はいませんが（というのは、つまり、まだ子は授かってはいませんということです）、じき、できると思います。ずいぶん幸せです。そして楽しいです。そして美しいです。牧場で、いろいろと難儀しながら働いていても、結局のところ楽しいし、どこまでもどこまでも日々は美しいのです。

するとわたしは、感謝しなければなりません。わたしは、感謝しなければならない、子供たちに食糧を――わずかなわずかな食物《それ》を――残して森に消えた父に。母に。わたしたち兄妹を捨てた両親《おや》に。あなたたちが死んで、わたしはこうして楽しさ、美しさをつかんだと。そしてなによりも、わたしは、ばけものに感謝しなければなりません。わたしに、面倒臭いとの感情を抱いてくれて、ありがとう、と。……ほんとうに？

わたしは、思い出しても恐い。

わたしは、人生の第二段階を、ほとんど何も思い出せないほどに恐い。

俺のことは、そうだ、ばけものと呼んでくれ。ばけものになりたいなどと、考えたこともなかったが。もちろん俺はただの人間《ひと》だが。しかしばけものなのだ。なぜか？　餓死しようとする者を救ったからだ。ある地方に飢饉が生じて、俺は、どうにか助けたいと思った。つまり、何千人、何万人かが餓死する……しているはずだったから、俺が養える一人を、二人を、養ってやろうと思った、ということだ。その程度のことなら、並みの稼ぎがあればできる。だろう？　その地方の、平地に行った。田園地帯だ。米は（その地方では、主食の米のことをオリザと言っていた）ひと粒もなかった。その野原に、ひと粒もなかった。鷹と鷲と野良犬と……野猪と……鼠に食い荒らされた餓死者の骸《むくろ》があるばかりだった。骨。骨。骨。そんな骸骨なら、何百人ぶんも見たがね。そんな骸骨なら、たっぷり実っていたがね。それから、森に入った。森に、イーハトーブでも有名な木樵《きこ》りがいたんだ。グスコーナドリという。そいつの家に行った。グスコーナドリはいなかったよ。だが、グスコーナドリの家はあったよ。家は、ちゃんと建っていた。そうして、子供が二人、残っていたね。兄妹だ。もう頬は瘦《こ》けていた。腕が、それから両脚が、針金みたいになり出していた。しかし上のほう、兄である男の子のほうは、強そうだった。だから俺は、下のほう、女の子のほうを、保護した。

保護したつもりだったんだが、こう言われたよ。「泥棒！」と。

泣き叫ばれたよ。追いかける兄に。それから、籠に入れて保護した、女の子に。

俺は、女の子に、恐れられた。恐怖されて……。

そして俺はばけものになった。おれはばけものであることがわかった。善意とは、まったき悪意だ。それがわかった。反転した。

それ以上にわかったのは、結局、この一人を助けたところで、この女の子は……この一人は、俺を、生涯怨みつづけるだろう、ということだった。これは、いったい、なんだ？

俺は三日間悩んだ。俺がしなければならないこととは、何か？

俺がばけものに徹することだ。

この子が、「救済された」と感じる状況に、この子を置き去りにすることだ。きわめて惨《むご》い所作で。――でも、どうして俺が、そんな役回りをやらなきゃならない？

それは、俺が、ばけものだからだ。

だから俺は、「面倒だ、厄介だ」と言って、その子供を、うち捨てた。

俺は泣いた。

結局、俺は誰かを救えたのか？　この飢饉から？

（妹が語っている。延々と再話《リミックス》がほとばしる）

二十日間ばかり、僕は飢えた。

僕はその春、十二歳になっていた。数え年の十二だ。

春を迎えたから、十二の齢《とし》になった。

こんな具体的なことを言ってしまうのは、他に、それほど具体的に言えることはないからだ。僕はぼんやりしていた。「なぜだ？」と問われてしまうだろうか？　僕は、それは戦略だった、とも答えたい。なぜならば、ぼんやりしていなかったら、考えてしまうからだ。考えつづけてしまい、想像してしまうからだ。僕は、つまり、想像をしないように努めて、懸命にぼんやりしたのだ。そして、それは妹に対する範でもあった。僕が、たとえば「この先、どうなるのだろう？」と考え込んだら、きっと怯える。兄の僕が怯えたら、妹は当然もっと怯える。僕は、想像を――ほんのわずかでも――してしまったら、きっと恐怖する。兄がぶるぶると慄《ふる》えたら、妹はもっともっとぶるぶるする。

そんなことは、しちゃならない。

妹に、そんなことを、させちゃならない。

だから僕は、率先してぼんやりしたのだ。わかってもらえるだろうか？

そうだ、具体的に言えることがあった。妹は、僕より三つ年下だった。それから、妹の名前は、ネリだった。僕の名前はといえば、ブドリだった。

もっと具体的に、正確に、省かないで説明することもできる。僕はブドリと呼ばれているけれども、長ったらしい本当の名前はグスコーブドリだと。

その、僕、グスコーブドリであるブドリと、僕の妹、ネリが、二十日間ばかり、飢えたのだった。

僕は当然、妹を守ろうとしたのだった。

しかし、守ることには限界があったのだった。

こういうことを思い返して考えると、ちょっと絶望する。僕に何ができたのか？　ネリを守護するために、どんな手段《てだて》がとれたのか？　ない。ないんだ。たとえば、飢えている妹（と、それから僕自身）を守るためにしなければならないこととといったら食糧の調達だ。それが、できない。食物がない。ないんだ。家《うち》の戸棚には、食べられる粉はあった。袋に入れた蕎麦粉《そばこ》があった。小楢《こなら》の実もあった。そして、それらは、減るんだ。一回食べるごとに、減る。一日が過ぎるごとに、減る。減る……。

外に探しにいっても、無駄だ。

世界は飢饉だった。

ないんだ。

ない。

ないんだ。

それから、いないんだ。お母さんがいない。森に消えた。それじゃあお父さんは？　僕の、イーハトーブの木樵《きこ》りとしても名高かった、グスコーナドリって名前の、お父さんは？　いない。森に消えた。それも、まっさきに、森に消えた。むしろ率先して家《うち》を出ていったんだ。いない。いないんだ。ない。ないんだ。森に消えてしまったら、人間《ひと》はいないし、森から採れるようなひと粒の何かも、つまり食糧も、ないんだ。

ない。

ないんだ。

そんな言葉だけは、素直に吐けた。その言葉で、僕は遊んだ。僕は、もともとは、妹のネリといっしょに森でいろんな遊びをしたのに、無人の森のなかの家《うち》で飢えながら、今度はネリとこんな言葉を言いあって、遊んだ。

「ないね」

「ない」

「ないんだ？」

「ないね」

とても音律的《リズミカル》に。もちろん――ぼんやりしながら。

そこには（とは、飢餓の世界には）、僕、ブドリと、妹のネリだけがいて、僕たちは飢えていて、そして、「ない」「ないんだ」と歌を続けていた。

それから人攫《ひとさら》いが来て、痩せてしまっているネリを、腕が針金のようになり、脚だって針金になりかけているネリをいきなり抱きあげて、背中の籠に入れた。

その男は、歌った。

おおほいほい。

おおほいほい。

そう怒鳴ったんだ。

この瞬間、それは、僕の耳に、はっきりと歌だった。なぜならば旋律を有していた。そして、僕は思ったんだ。どうしてここに、音楽が？　どうして……どうして……僕とネリの音律的《リズミカル》なかけあいの、そうした二十日間ばかりの果てに――それは僕たち兄妹《きょうだい》が命をつなごうとする決死の歌だった――この音楽が？

私は、一人の読者として、その問いに答えなければならない。登場人物が「考えることのできない」時間の内側に囚われている（か、囚われていた）のならば、私が代わって、それをしなければならない。それ＝《すなわち》思考するということを。しかし、やや根源的な問いになるが、私は読者なのか？　こうして、兄、古川日出男として、妹、古川練《ねり》のブドリの再話《リミックス》に耳を傾けている私は、読者なのか？

だが練は言ったのだった。

語りを断ち切り、

「日出男君、ここで、読者として――」と問いかけたのだった。「――ブドリの代わりに、考えられる？」

そう訊いた。

そもそも、こうして断ち切られるまでに、私はどれほどの分量の妹の語りを聞いたのか？　判然としない。それらは、ほとばしっている。ほとばしっていた。しかし、肝心なことは、いま問われたのは私だとの一事に尽きる。ということは……練は、妹の古川練は……話（物語）の外側にいる人間に、問うた。ブドリの物語の外に立った人間、すなわち私、すなわち古川日出男という実在の人間に、そのように質問した。

実在する人間は、「実在している」という事実のみを拠《よりどころ》にして、考える。

考えざるをえない。

たとえば、グスコーブドリの伝記にはもう一人、実在者がいて、それが作者の賢治だ、と。

宮沢賢治も実在した。

たとえば、小説家のこの私が考えるに、登場人物は作者と語ることが可能だ。想像してほしいのだが（練の再話《リミックス》の内部の十二歳のブドリが「想像しなかった」との点をも踏まえて、あえて、そうしてほしいのだが）、とある作者が、とある作品について考える、その時に、今後の展開をどうするか、どのように人物たちを動かすかを構想している最中、当の登場人物たちはいろいろと主張をする。あたしは、こう動きたい、だの、俺は、そんなふうには思っていないぜ、だの。そうなのだ。作家は、しょっちゅう登場人物と語る。私に至っては、実際の作品の内部においても登場人物たちと言葉を交わしたりもする。そして、そんなふうな関与は、賢治もやった。あの、猫たちの童話、タイトルを『猫の事務所』という童話のエンディングは、どうだった？　最後には獅子――ネコ科の動物の王――が現われて、何か圧倒的なことをする。そして、その行為に対して、作者がこうコメントするのだ。

「ぼくは半分獅子に同感です」

と。これが最後の一行になる。他にも例は数多《あまた》ある。が、この論に用意された紙幅が尽きてしまいそうだから、挙げることは止《よ》す。私が言いたいのは、登場人物は作者と語ることが可能だ、ということ。しかし、登場人物は読者と語ることは可能か？　私は、私としては、難しいような気がする。読者は登場人物と語れるが、登場人物の側からは読者とは語れない（＝語りあえない）ということがやはりあるのではないかと感じる。ただし、その読者が、小説家であった場合は、どうなのか？　つまり私のことだが、私は小説家で、その意味で、宮沢賢治の同類で（西表《いりおもて》山猫と対馬《つしま》山猫のように同類で）、だとしたら、私は、同類の賢治を通して登場人物と語れる可能性を有しているのではないか？

それを、練は、言ったのではないか？

だとしたら、以下の論述を、私は出せる。

ここに提出しうる。

——登場人物たちは、作品の内側にいる。彼らは、何かを耳にする。音を、声を。しかし、それらを最初に耳にするのは、作品の外側にいる作者である。何かが鳴っているのだが（音響が、あるいは音声が）、それを登場人物に先駆けて、あるいは登場人物と同時に聞いて、だが先駆けて日本語に換えているのは、作者である。その、変換されてしまったものを、登場人物たちは聞いている。

それ以外に聴取する方途がないのだ。

つまり、音というのは、つねに、作品内に織り込まれた時に、立ち位置が「外側にあった」ものに転じる。

そして、そこに賢治がいる。賢治が、そもそも自分が立つ世界（人間界・自然界）に、人間の世界以上の世界（超人間界・自然界）を見て、聞いて、その実証のために——他者《ひと》に伝えんがために——動物たちは語るし、植物たちも語るし、石も語るし、それらは意味を有した音声を発するのみならず、もちろん歌いもする、風も光も当然のことながら歌いもする、と日本語で表現した。この時、日本語は——とは賢治の日本語は、だが——人間界の外側に出た。そして、この外側が、作品の内側に入っているのだ。作品の外側に、いわゆる作者がいて、この作者が、さらに外側を「作品の内側」に持ち込んでいるのだ。ブドリよ、飢える十二歳のブドリよ。お前が聞いたのは、外の外の音楽だ。ただの外の、儚《はかな》い音色ではない。彼岸のその向こう側だ。そこまでいけば希望はある。

（まだ妹は語るのだった。もう何十人めかになる）

私は時どき、こんなことは今から二億年前ぐらいに起きているんじゃないかと思う。何を見ても、何を感じても、あるいは何を考えても、そう思う。そんなふうに思ってしまうのは、私が火山局に勤めているからだろう。

火山とつきあうとは、二億年を、現在と、同じように知覚する、ということなのかもしれない。

つまり、私は浮世離れしているのか？

〝現在〟の狭い幅に閉ざされない視点を持つことで？

いずれにしたって、私は口癖のように「こんなことは、今から二億年前ぐらいに、イーハトーブにあったんじゃないか」――と言う。いいや、人前では言わない。私はそう思うだけだ。私は、そんな気がするとしばしば自覚してしまうだけだ。それで、私の名前なんだが、ペンネンナームという。それで、イーハトーブのことなんだが、これは農業国だ。そのことは、わかってほしい。農業国にとっての「一大事」とは何かを、いつも、わかるところにいてほしい。

それが私の願いだ。

火山局に勤めているのだった。私はイーハトーブ火山局の、技師なのだった。イーハトーブ全体では、いったい、幾つの火山があるか？　もちろん火山局の技師である私は、知っている。三百を超えるのだった。このうち、活火山は七十幾つかだ。これらは毎日煙をあげている。熔岩《ようがん》を流している。休火山は五十幾つ、で、いろいろなガスを噴いている。熱い湯を出している。それで、残りが、死火山だ。しかし古いこれらの火山だって、いつまた何をはじめるか、わかったものではない。

だから観測している。

模型を造って、モニターしている。

火山局にいる時は、だ。もちろん私は——この私とは、火山局の技師のペンネンナームであって、しかし親しい間柄にある人間からは約《つづ》めてペンネンと呼ばれている、よければペンネンと呼んでくれ——現地にも、立つ。つまり、（これは私が新たに火山局に入った若い者に告げた言葉、訓戒なのだが）いつ噴火するかわからない火山の上で仕事をするのが私の、火山局員の私たちの務めなのだ。

――この訓戒。

これは正しい言葉だが、これを告げてしまうのは、正しいことだったのか？

告げてしまう、とは、誰に？　その「新たに火山局に入った若い者」にだ。名を、ブドリという。これは約めた名称で、もともとはグスコーブドリという。私は彼に、手本を示した。たとえば私は、サンムトリ山《さん》という火山が、噴火の兆候を見せた時、これを人工的にいじって都市部のほうには被害がないようにした。海に向いたほうに傷口をこしらえて、そっちにガスを抜き、熔岩を出させたのだ。この工作でもって（あるいは火山の〝手術〟でもって、と言おうか？）、人々を助けたのだ。

とてもよいことだった。科学の勝利だった。

が、これが手本となった。ブドリの。

ブドリは、今から十五年ばかり前の、ひどい飢饉の犠牲者だった。詳しいことは知らない。彼も語らない。しかし、旱魃《かんばつ》といったものに、強烈に反応する。そして、彼が二十七歳の年（とは、私、ペンネンが六十三歳の年なのだが）この飢饉の時と同じほどにひどい寒波がイーハトーブを襲うのだとわかると、驚くべき解決策を提示した。

「人工的に、カルボナード島の火山を噴火させましょう、ペンネン」と言った。「これで、大気圏の炭酸ガスの量が激増して、この星は、温暖化します。気温は五度はあがります。こうすれば、イーハトーブは冷害から守られます。イーハトーブの悲劇そのものの凶作が、回避されるのです」

驚異的なアイディアだ。

これぞ科学の、実践だ。よき実践――。

しかし、この工作には、ただ一人の犠牲者が伴う。

「僕が死にます」とブドリは言った。私は止められなかった。なぜならば、私はイーハトーブでも抽《ぬき》んでた火山関係の技師であって、私、ペンネンを失うこととブドリを失うこととを秤にかければ、答えは簡単に出るから。

私たちは、出る答えに賭けた。


「日出男君」と妹が言った。「ねえ、日出男君は、この人を責める?」

この人とはペンネン技師のことだ。もちろん、さっきまで妹の練《ねり》がその人物になりきって語っていた、当の〝私〟――ペンネンのことだ。

「問題は」と私は切り出した。いうまでもないが、この〝私〟とは古川日出男だ。練の兄だ。「問いが一つの場合は、答えは一つになる、あるいは、なりがちだ、ってことじゃないのか」

「どういうこと?」

「問いは一つなのか?」私は言った。

妹は黙った。

私は続けた。

「二人の人間がいて、ある状況で、どちらの命が重いか、は、ある程度答えを出せる。もちろんある程度って条件付きでだ。かもしれないってことだ。同じように、イーハトーブが飢饉に襲われる、襲われるっていう状況がある、そうした時に、どうするかって問いは一つで、この問いに、一つの答えは出せる。出せるかもしれない。イーハトーブは農業国で、米が、いや、イーハトーブでは米や稲のことをオリザって言ってたっけ？　だから、そのオリザが大事で、大事なものが決まっているならば、問いは立てられるし、答えも出せる。出せるかもしれない。しかし、問いは、ほとんど絶対的に一つではない」

「絶対的に、って日出男君は言った？」

「言ったよ」

「どうして？」

「立場が違う。つまり、立ち位置が違う。だろ？　全員、そうだろ？　全員っていうのは、練、人の全員がってことで、それは地球の人間がって言い換えられるし、あるいは、人って限定を外して、地球の生命が、とかも言える。イーハトーブの、この農業国のオリザを救うことが、イーハトーブの、この地方の、この国の人間を救う。これが限定された問いだ。で？　それで？　この限定のために人為的に天災を起こすのか？　しかも、その影響は、最初っからイーハトーブの外部にまで拡がるってわかっているのにか？　それは、まずいだろ。どうしたって、まずいだろ。地球規模の温暖化を、自分たちのために生じさせる、って、それは、なんだ？」

「他の人も、他の動物も植物も、五度あがった星に生きることになる」

「生きられないことにもなる。絶滅の危機にも瀕する。だろ？」

「動植物が」

「無機物もだ。北極海では、氷が溶ける。つまり北極圏が貌《かお》を変える。その影響は甚大だ。そうしたことを、今、その国にいる、その国の人たちを守るためだけにするって、そういうのは――」

「そういう知見は、今の時代の知見だね？　日出男君」

練が言った。

「そうだね」と私は返した。私の妹は、何が言いたいのだろう？　考えながら、私は続けた。「地球温暖化の問題が指摘されはじめたのは、たぶん、一九七〇年代からだ」

「賢治は、死んでいたね？」

「ああ。宮沢賢治は一九三三年に死んだ」答えながら私は、賢治はあの戦争を見ずに、太平洋戦争をまぢかには味わわずに――とも思った。

「立ち位置が違うよ」と練が言った。

私は、一瞬、何を指摘されたのかがつかめなかった。それが指摘であることも、瞬時にはわからないでいた。私は、それから、兄である古川日出男の立脚点がまるで賢治とは違うと言われたのだと、じわりと理解した。私は、現代的であるに過ぎないのだ、と言われたのだと。あるいは、私が――私もまた――科学的であるに過ぎないのだと。私も？　そうか、ペンネンと同様に……。科学は、答えを出せる。あるいは、出せると信じて探究する。しかし出せるのか？　なぜならば、科学はつねに立脚点を変える。ブドリが（あるいはペンネンが、そして賢治が）イーハトーブのことを考える。考慮する。私は（あるいは多数の現代人が）地球のことを考える。考慮する。それから私は、考えてしまう。もしも、一年後か二年後に、「全世界の生きている人間を救済できる途《みち》が発見された」として、それでは、この答えが見出される前に逝《い》ってしまった人間は、どうなる。

どうにもならない。

そんなものは救済ではない。

幾百億、幾千億の死者たちが、私のそばで呼吸《いき》をした。

この話は書いておきたい。

私と練《ねり》が、二人で、福島県の某地を、いや某地などというふうに濁すのはまずい、その手の目眩まし《カムフラージュ》を私はやめたのだった、だから、福島県の郡山市を、それも生家から三百メートルほどのところにある森の跡地を、歩いていた時のことだ。たしか二〇一三年の正月のことだったと思う。すると私は四十六歳で、妹の練は、四十三歳だった計算になる（単純計算すれば）。

その池の土手に、水色の看板が立てられていたのだ。

その池は、森の跡地から、さらに少し離れたところにあった。

記憶にはない看板だった。私の記憶には。二羽の白鳥のイラストが描かれていて、まず、それが目を惹いた。それから日本語で、

〈白鳥はシベリアからの友達です。仲よくしてあげてください〉

とあった。

それだけではなかった。言語は、他にもあった。ロシア語だった。私は、ロシア語は全然できないが、それがロシア語であると認識することはできる。しかも、そのロシア語には翻訳が添えられていた。

〈ようこそ郡山へ〉

と訳されていた。

誰に向かって挨拶しているのか？　むろん白鳥たちに、だ。そうに違いなかった。この、看板が白鳥たちに、ロシア語で挨拶している。

「白鳥？」と私は、練に言ったのだった。言葉尻をあげていたから、練に訊いたのだった。

「日出男君は、ここを——」と練は訊き返したのだった。「——知らなかったの？」

「白鳥が飛来する、池を？」

そういえば、と私は考えた。……前に新聞記事を目に留めた憶えがある、そうだ、実家から一キロ圏内に、白鳥が飛来する池がある、そうした記述を見出した記憶が……、その記事には、たしか、……二十五年前から来るようになった、とも。

「新聞でさ」と私。

「新聞？」と練。

「うん、知った。ここ、二十五年前から白鳥が来るんだろ？　それでさ、俺——」

「あ。そうか」と練は言った。「日出男君が郡山の家《うち》を出たのって、二十八年前だものね。

その三年後？」

そうなのだった。

私は十八で、東京に出た。

私たちは土手をのぼった。白鳥は一羽もいなかった。それどころか、ほとんど水がなかった。池には。その池にはだ。ところでどうして池があるのかといえば、鯉を養殖するためで、そうした池は、生家の周囲に点在している。つまり鯉の養殖を生業《なりわい》にしている人たちがいる。なのに池には、水がない。乾上《ひあ》がっている。何が起きたのかは容易に察せられた。二〇一一年三月に起きた巨大地震が、水を流し入れたり出したりする機構《メカニズム》を破壊したのだ。震度6の揺れとは、そうしたものだ。そして、こうした事実も、私は東京にいて、新聞で読んでいた。

「白鳥は、いないな」と私は当たり前のことを言った。視覚《め》がとうに理解していることを、わざわざ言葉に換えて、それを練に伝えた。

「うん。日出男君は、白鳥には、会えないね」

「看板を見た時は、会えるって、期待したよ」

「その三十秒後に、裏切られたね？」

「がっかりした」と私は言った。

それから私は考えたのだった。巨大地震は、この一帯に放射性物質を撒き散らすに結果的に至ったけれども、それは原発事故が発生したからで、原発事故は巨大津波によって惹き起こされていて、その津波は、地震——地殻変動——が起こした。そして、そうしたものを抜きにして、地震は、この池から水を奪って、白鳥たちの渡りを止《と》めた。

これが私にとっての天災なのだ、と知った。

〈ようこそ郡山へ〉のロシア語が、無意味になることが、天災なのだ、と認識した。

それで、私はいきなり話題を転じるが、いや、転じるというか戻るのだが、そしてどこに戻るのかといえば、この文章の、はじまりの二カ所でさらりと触れた〝森の跡地〟という文句にだが、森は、更地になっていた。森は、森であることを止《や》めていた。その森は、椎茸を育てることに用いられていた森（の一つ）だった。もちろんそんなふうに椎茸栽培を生業にしていた人たちというのは、私の家族だ。私の、父や母や兄や義姉《あね》だ。そして、その森が更地になったのは、その土地が売られてしまったからで、どうして売り払われたのかといえば、それがお金になるからで、どうしてお金が必要だったのかといえば、震災は、椎茸を売れないものにしてしまったからで、それがどうしてかといえば「キノコ類からはセシウムが検出される」と言われたからで、検出されない椎茸も売れなかった。だから、二〇一一年、私の実家には収入がなかった。森を、売らないかとの話が来たのは、これ以降だ（ったらしい。兄から聞いた）。老人ホームの敷地にするのだ、と言われた。

つまり、ここに森がないのは、あるいは〝森の跡地〟がひろがるのは、しかたがない。

しかたがないのだが、「森がない」との現実には、慣れない。

ここから、私は考える。これは人災の結果なのだなと考える。この一帯に放射性物質が撒き散らされたのは、原発事故のせいだからだ。原子力発電、という、エネルギー生産事業の、その結果。それから、私は二〇一七年や一八年の時点に立って、その〃森の跡地〃の現状について語るが、そこに老人ホームは建たなかった。結局、その更地は、再生可能エネルギーの事業のために用いられた。ソーラーパネルが並んでいる。

私が思うのは、ソーラーパネルならば、よいのか、との、不思議な問いだ。抱《いだ》いているのは、不可思議な感慨だ。

というのも、グスコーブドリの伝記は、イーハトーブの火山局について描出し、と同時に、彼らが潮汐《ちょうせき》発電所を設けた、とも記述しているからだ。もちろんこれは、潮の干満差を利用する水力発電だ。現在でいう「再生可能エネルギー」だ。宮沢賢治が、このことをグスコーブドリの伝記内に描いた時、世界に、実現している潮汐発電所はなかった。イギリスとカナダがそれぞれ一九一八年と一九年にプランを練っていたが（賢治はこのことは知っていたはずだ）、一つも現実化していなかった。

作中のブドリたちは、この潮汐発電所を、二百は建設する。

イーハトーブに電力《エネルギー》をもたらすために。

そして思うのだが、火山の爆発の過程を人為的に操作し、それどころか、人為的に火山を爆発させて地球を温かいというエネルギーで満たす操作をするブドリは、今でいう「再生可能エネルギー」だからとの理由で、潮汐発電所を手がけたのではない。私が何を言っているか、わかるだろうか？　何を言わんとしているか、察しがつくだろうか？

もしも原子力発電という発想があったならば、かつ、実現可能であったならば、ブドリたちはイーハトーブにこれを導入した、それも確実に、と私は言いたいのだ。

なぜならば、そのように人の手で電力《エネルギー》が生み出せることを、ブドリは、あるいは賢治はと断じてもいいのだろうが、善、と見ていたからだ。

所詮、私たちが原発を、悪、とさっさと極《き》めてかかれるのは、一九八六年四月のチェルノブイリでの原発事故以降でしかない。

それ以前の人間に、「それは悪ではないのか？」と問うのは、間違っている。

練ならば、何かが間違っているよ、と言うだろう。立ち位置が違うよ、と。

「日出男君、それは立ち位置が違うよ。賢治さんと」——。

私は答える。

「賢治は、アインシュタインの相対性理論に、本当に感銘を受けたね？」

と。

「そうなんだと思う」と練。

「アインシュタイン博士を、尊敬していたね？」

「うん」と練。

「アインシュタインがいなければ、アインシュタインが署名した一通の手紙が一九三九年に存在していなかったら、もしかしたら、原子爆弾は生まれなかったって、検討されなかったって、そう思う？」

私は練に訊いた。

練は、そこまではわからない、と言った。やや経って、そんなことはない、と言った。

練は、そんなの関係ない、と言った。

私はふいに泣きそうになった。

森は消えたのだ。茸《きのこ》の森は消えたのだ。それは私だけの、あるいは私たち兄妹《きょうだい》だけの感傷なのだ。練。練は私の最大の理解者だった。そして、私たちが「身近だ」と思っていた森は、今や、消えて、それは人災のせいで、しかし、それは天災のせいで、それは、人がいなければ生じなかった災害――原発事故――のせいで、しかし、だが、なんだというのだ？　何を語ったらいいのだ？　だとしたら、そもそも人がいなければいいのか？

そうかもしれない。

人がいるから、人が必要とする電力《エネルギー》が要る。

だとしたら、私は全人類を殺せばいいのか？

思考が、ここまで至った時、目の前から、練が消えた。


「さよなら、日出男君」と私の妹は言った。

私に、およそ百話の、グスコーブドリの再話《リミックス》を残して、消えた。

古川練は退場した。私は、大声で、泣き叫ぶ。

自伝論

聞いてほしい。助けてほしい。心から、心から、この文章を書いている。私は、この文章を届けている。しかし感傷に走るな。いや、走りすぎるな。だとしたら、どこで自制する？　問いをもって、だ。賢治が、グスコーブドリの伝記をいかに執筆したか、そこに迫りつづけるとの意思をもって、だ。私は、この『グスコーブドリの伝記　魔の一千枚』の初めのチャプターで、これは賢治の自伝なのか、これは理想化された自分を、賢治が書き切ったという、そういうものなのか？　と問いを発した。そうだ、問いを、私は、発している。すでに。第一のチャプターで。すなわち「序」において。偉人・宮沢賢治の自伝としての、グスコーブドリの伝記。いま書いたセンテンスから二つの単語を抽《ぬ》き出せば、自伝、と、それから、伝記、だ。この二種はどう違うのか。この二種は同じなのか。同じといったら同じだ。なぜならば自伝は伝記に含まれる。しかし伝記は自伝に含まれるのか？

最初に、私は、こう言おう。ブドリは孤児だ、と。賢治は孤児ではない、と。しかし孤児ではない賢治の自伝がグスコーブドリの伝記だとしたら、これはどう釈《と》いたらよいのか。賢治は孤児になりたかった？　そうだ、そういう結論になる。かつ、また、私は、そうかもしれないと思う。なにしろ賢治は家を出たかった。なにしろ宮沢賢治は生家を出たかった。何しろ宮沢賢治は養われる状況から、脱《ぬ》けたい、と思った。いや、そうか？　そんなことを賢治は徹底して考え抜いたことがあったのか？　賢治は、父親に養われて、結局はほぼ最後までまっとうした。裕福な家があり、しかし、サウイフ**のではない**モノニ（そういう**ノデハナイ**ものに）ワタシハナリタイ（私はなりたい）と願った。貧農に。貧農の下の下に。奉仕する者に。本物に。この希求はなんだ？　いや、これは賢治批判ではない。この文章は一貫して、単なる宮沢賢治断罪ではない。私は自分を斬りたい。

私は家を出たかった。私は、十歳を過ぎる頃には真剣にいつ出るかを考えていて、小学校卒業と同時に首都圏に出る画策をして、果たせず、結局、出るのは十八歳、大学進学時となる。そこまで自分が保《も》ったのは、演劇というものを発見したからで、それは「表現する」という営為であって、このことによって何かが得られた。十五歳だった。十五歳で、私は演技をし、十六歳で演出をし、同じ十六歳で——しかし学年はあがっていた——脚本を書いた。書いた、初めてモノを書いた。ところでこの文章は、いったいなんだ？　この、『グスコーブドリの伝記　魔の一千枚』の、今回の、この、「自伝論」は、何をはじめようとしている？　私は、私の年譜など、敬遠する。そうしたものを求められても、というか、事実何度も過去において求められているのだが、避けた。避忌《ひき》した。「それがないと古川さんの特集が成り立たないんです」と言われても、唾棄した。誰に向かって唾《つばき》を吐いたのか？　たぶん、自分にだ。唾し歯ぎしり行《ゆ》き来する。この苦さ。

ブドリの伝記をまとめよう。十二歳で、ブドリの両親は死ぬ。そうだ、死んだのだ、あれは。そしてブドリは孤児になった。正真正銘の孤児になった。それから、ちょっとした強制労働がある。その後に、農家に雇われて、六年間、そこで働くという歳月《としつき》がある。沼ばたけ、とは田圃《たんぼ》のことだが、そこで、オリザ、とは米、稲のことだが、その栽培に勤《いそ》しむ。それから都市に出る。イーハトーブの、イーハトーブ市に出る。つまり首府だ。敬する博士のもとを訪れて、これを契機に、火山局に勤務する——勤められる——ことになる。以降、ずっと勤める。いつまでか？　死を迎えるまで。ブドリの享年は二十七である。これは数え年の二十七である。すなわち満年齢の、二十五か六。その死は、一種の自死である。不可抗力の災害を近因に孤児となったブドリは、自らが引き起こす災害を近因に自死する。この構図はなんだ？

宮沢賢治は明治二十九年（一八九六年）に生まれる。宮沢家は、地元の、名家である。富裕である。質屋兼古着屋である。浄土真宗の檀家である。賢治の父親は、その篤信家である。

その。すなわち浄土真宗の。明治四十四年（一九一一年）、十五歳の賢治は短歌の創作をはじめる。大正三年（一九一四年）頃になるが、法華経に出会う。大正七年（一九一八年）、法華経に対する信仰心があまりに篤《あつ》いために、父親と対立し出す。信教においては。この年、賢治は二十二歳で、この頃から童話の創作をはじめる。大正十年（一九二一年）、賢治は家出する。前の年に日蓮主義の信仰団体に入会していた。その本部を頼った。つまり、家出して、というよりも家出をとうとう遂げて、賢治は、孤児になろうとした。——そうだ、この理解でよい。この理解でよいのだ、と私は私に言う。私は、つまり古川日出男は、本気で何事かを理解しようと努め、こう言う。ブドリ、伝記、賢治、自伝。自伝、自伝、——自伝！

孤児にならなければ人類を救済できないと、心の心のその底の底の底で、識《し》り、逃れられないことになった作者がいる。しかし、この作者は他人《ひと》を憎めない。すばらしいことだ。そのために、自らを憎む。悲しいことだ。わかる、わかるのだ、わかるんだよ、賢治さん。そうやって自分を憎んでしまうんだね、わかるよ。なぜならば、私も、いや、ここは俺もと言おう、俺も、そうしかできない。サウイフものにしか、おれはナレナイ。なぜだ？憎む根拠がないからだ。他者を。**なぜなら妹はあなたを理解している。**他にもいる。他にもいる。他にもいる。他に……。——このつらさ。厳しさ。あなたは閉じる。**理解によって、閉ざされた。**これを破らんと、あなたは、孤児になる。ならんとする。そして、作者の賢治よ、あなたはグスコーブドリを生んだ。いや、表記を変えよう。産んだ。あなたは精を放たず、あなたは出産した。

こういうことなのだ。どういうことなのか？　主人公がいるのだ。それはブドリであって、グスコーブドリというのが約《つづ》めていない名なのだ。主人公は、グスコーブドリの伝記のなかを生きていて、すなわち、これはブドリの伝記であるのだ。そして、その伝記には作者がいるのだ。その作者の名前を、宮沢賢治というのだ。この作者自身は、自伝など書いていないのだ。しかし伝記はあるのだ。伝記は、百はあるのだ。千、あるかもしれないのだ。今後も増えれば、万も、億も生じるかもしれないのだ。その伝記はすなわち無限なのだ。その伝記はすなわち幾百億、幾千億にも等しいのだ。理論《ロジック》として、そうなのだ。しかし必要なのは、倫理《エシック》なのだ。それから、作品が生み出されてしまえば、その作品とはグスコーブドリの伝記のことだが、その、伝記が生み出されてしまえば、読者が生じるのだ。そしてこの読者にも伝記はあるのだ。理屈のうえで、ありうるのだ。そして私が何者かといったら、私は、読者だ。私は一介の読者であって、その私に、伝記はある。

私は孤児の小説ばかりを書いている小説家だ。一九九八年にデビューして、ずっと、みなしごばかりを作品に登場させてきた。犬ですら、みなしごになった。猫ですら、みなしごになった。そんな孤児たちの（人を超えて、動物の、その他の）物語を綴ってきて、もしかしたら、まだ綴る。どうしてだ？　そうしなければ、何もできないからだ。私は、いわゆる家族の団欒《だんらん》を知らない。「いわゆる」だ。ここに括弧を施す以外、私に、こうした来歴を正確に表わしうる術《すべ》はない。父親は片足に障害を持ち、父親は椎茸の栽培で成功し、父親は家の王であり、父親は私に興味を持たず、しかし私は、家族の内側に、理解者を持った。**どうしたら孤児になれる?** というか、なんなのだ? この文章はなんなのだ? どうして私は、ここに先行する論述、すなわち「天災論」で、あれほど正直に、森にまつわる事情を書いてしまったのか? あの、茸《きのこ》の森の消滅。もちろん、あれらは実話で、あれらは事実で、東日本大震災後の、森に関しては、本当にそうだ。そこだけは。

そして、それすら、私は公《おおや》けに語ったことがない。書いたことがない。私は、実家の悲劇を利用して、自分を「被害者」の側に置いたり、同情されることを、懸命に、懸命に避けた。だから避忌した。し続けていた。それでも、つらい、悲しすぎる、あの東日本大震災で起きたことは。つらすぎる。郷里が、郷里が、郷里が、と私は叩きつけるように、連打するように、あるいはされるように思って、だから、語らずに動いて、書いて、そして、どこに来たのだろう? 今、ここは、どこなのだろう? どうして、賢治さん、あなたと同行するようなことになったのだろう。あなたと、私と、二人の、同行。そして、今、やっとわかるのだが、これらの文章のいっさいが、すなわち『グスコーブドリの伝記　魔の一千枚』の、ここまでの全部の論、あるいは、この先に控える論も? それもまた? 私の、この私の、自伝なのか。古川日出男の。これはいったいなんだ。

ブドリとはこんな話です、と私は書き出した。

木樵《きこ》りの息子であったのがブドリです。そのために、森で生まれました。その森は、イーハトーブにありました。イーハトーブとは、どこにある土地（国）なのでしょう？　あなたがいるところです。あなたがいるところに、イーハトーブはあるのです。あなたがいるところが、もしも、森でないのだとしたら、あなたがいるところのほんのかたわらに森はあるのです。それは巨大な森で、そのために巨《おお》きな樹木が揃っていて、それを伐るのが木樵りです。ほら、ブドリのお父さんはこんなふうにも賞讃されていましたよ。「その人は、名高い木樵りで、どんな巨木であっても、まるで赤ん坊を寝かしつけるようにわけなく伐ってしまう」と。

赤ん坊を寝かしつけるように、と、そんなふうに言われていたのです。

ブドリには妹がいます。ネリというのです。二人は毎日、森に遊びにゆきます。とても幸福なのです。

しかし飢饉が来ます。

飢饉は、どこに来たのでしょうか？　イーハトーブにです。そのイーハトーブは、どこにあるのでしょうか？　あなたがいるところにです。あなたがいるところが、食べ物のない、そうした状況になるのです。どこにもないのですよ。どこにも、ほとんど食べ物がない。売ってもいないのですよ。どこかのお店《ストア》に買いに行けばいいじゃないか、なんて、そんなことは言えないのですよ。どこでも売っていないし、だれも、あなたのお家《うち》のかたわらにあるお店《ストア》に、そんな食糧を運んではこない。ないのです。

何もない。

食べないと、人はどうなるのでしょう？　人は、順番に、飢えて死にます。

ただ、順番は変えられます。そのために、ブドリのお父さんは、それからお母さんもですが、先に死ぬことを決めました。もしかしたら、そうやって「先に死んでいる」間に飢饉の年が終わるかもしれませんから。そうしたら、ブドリは、それから妹のネリもですが、生きのびられる可能性がありますから。

その可能性に、賭けたのです。

賭けは、成功します。

妹は、人攫《ひとさら》いに連れてゆかれはするのですが、また、そのためにブドリはこの妹のネリと離ればなれになりはするのですが、それぞれ、生き残ります。ブドリは、その後、一種の強制労働を強いられます。つまり、強制労働をさせられる児童になります。でも、その後、解放されます。それから、農家のもとで働きます。どうやったら食糧は作れるのか。それも効率的に作れるのか。さまざまな実験をします。いわゆる山師に弟子入りしたようなことに近いのです。しかし、その山師の〝山〟が外れる年が来ます。だから「お前のことはもう雇えないよ」と宣告されて、一人、都市《まち》に出ます。

イーハトーブ最大の、それは都市《まち》です。名も、イーハトーブ市です。

そこで、何をするのか？　ブドリは、学ぼう、と決めます。必要なのは、勉強だ、智慧《ちえ》だ、それを、今まで読んだ本のなかでもっとも感銘を受けた学者に学ぼう、と決意します。立派な決意です。そして、その学者との邂逅も成ります。その学者は、ブドリの資質を見抜きます。また、その志《こころざ》しの高さ、すなわち理想の高邁さも。だからイーハトーブの火山局に、働き口を紹介します。

イーハトーブの火山局は、どこにありますか？

あなたのいるところの、どこかにあります。あなたの暮らすところに火山地帯がないとしたら、その「ない」ところのかたわらに、ほんのかたわらか、隣りの隣りといったかたわらにあります。

イーハトーブには、火山はどの程度ありますか？

三百はあります。これは、死火山も勘定に入れて、です。

その全部の、活動の様子や特徴を、ブドリは頭に入れます。

立派な火山局員になります。

ある時、サンムトリという山が噴火の兆候を見せます。噴火すること自体は避けられない。しかし、噴火の向きは変えられる。そのため、ブドリとその仲間は、仲間とは火山局の仲間のことですが、この向きを変えます。だいたい人が暮らしていないほうにするのです。

そうすれば、人は死にませんから。

この工作は、大成功でした。

こうやって、ブドリは、それから火山局の仲間は、みな、火山を馴《な》らすのです。動物を、人に馴らすように、イーハトーブの火山という火山を、馴らすのです。人間の言うことを聞けるようにするのです。

大変な功績です。

ブドリはまた、火山を馴致する以外にも、たとえば窒素肥料を空から降らして、食糧（畑のオリザやその他の野菜）の収穫量を上げる、といったことも計画します。これもまた成功します。しかし、小さな失敗や誤解もある。その誤解のせいで、新聞沙汰になるような酷《ひど》いことにも巻き込まれ、ところが、その新聞沙汰のおかげで、ネリとの再会も果たす。妹のネリは、新聞の報道で「ブドリが怪我をした」と知り、離ればなれになった兄が生きているし、それどころか、他人《ひと》に讃えられるような、一種の「偉い」火山局員になっていることも知ります。

それは幸せな再会です。

ネリもまた、生きのびて、今では夫もいます。幸福になっています。

幸福、幸福、――いっぱいの幸福なのです。

どれほど幸福かといったら、食糧があるのです。誰だって、食えるのです。

食えるというのは、つまり、飢えないということです。飢え死など、考えられないということです。

そんな楽しい日々が、五年も続きました。ネリには子供もできました。男の子です。つまりブドリの甥っ子です。

それから、ちょうどブドリが二十七の年に、異様な寒波の到来の兆しがあります。このままいけば、冷害は必至で、その結果、つまり飢饉になります。また、食糧が……そう食糧が絶えます。人は死にます。イーハトーブじゅうの人が飢えるのです。イーハトーブはどこにありますか？　あなたがいるところにあります。あなたがいるところで、あなたも飢えるし、あなたのまわりにいる全員が飢えます。

どうしたらいいでしょうか？

火山を爆発させればいいのです。それはカルボナードという島にある活火山です。これを、即座に人の手で爆発させれば、炭酸ガスが気層のなかに増えて、世界は温かになる。世界とは、この星全体です。すなわち地球です。地球は、じつに五度ほども、いっきに温暖化します。

それでイーハトーブの凶作は避けられます。

あなたは飢えません。

あなたのまわりにいる人たち、お父さんやお母さんや、妹も飢えません。甥も、もしもあなたに甥っ子がいるのならばですが、飢えません。

だから火山は、爆発させられます。その、爆発の工作のために、一人だけ、カルボナード島に残らなければなりません。最後まで残って、死ななければなりません。その人は、餓死はしませんが、いわば爆死するのです。

その人はイーハトーブを幸福にします。

その人は英雄になります。

そして、世界がふたたび緩やかに、穏やかに、二度から三度、それから五度ほどと冷えて、もとの平均気温に戻って、すると、また、イーハトーブに凶作の兆候が現われます。誰かが、どこかの、火山を爆発させなければなりません。これは繰り返しです。誰かが、つねに、爆死しなければならない。それも自死同然の、というか自死でもある爆死を、期待されます。そうした英雄たちはあたかも赤ん坊を寝かしつけるように、つぎつぎ、火山を噴かせるのです。やがて、イーハトーブに、即座に噴火させられる山というのが絶えるまで。

――その時は、他の土地に出て、他の国に征《い》ってまで、そこの火山を爆発させなければならない。

他の国は、どこにありますか？

あなたが暮らしているところから、離れたところにあります。

あなたは、あなたは、あなたは、……という声がブドリの頭に響いて、ブドリは、目を覚ましました。ブドリは、先例を開いてはならない、そう思いました。あらゆる行為は、ひそやかに、そのように行なわれなければならない。殉難は、英雄を生んではならない。英雄にならないことが、本当のみんなの幸いのための殉難なのだ、とブドリは気づきました。誰かを救わんとする、その心持ち、それはすばらしい、しかし、それが英雄を生んでしまうこと、それは恐ろしい。だから、そっと、そっと、静かに……。ブドリは、子供だった頃の自分のことを考え、幼かった頃の妹のネリのことを考え、この子たちを救えるようにと、あるいは甥っ子を救えるようにと、そして爆死は反復しないようにと念じながら、あなたのいるところから、少しだけ隔たった島に、ひそかに、そーっと入って、あなたの知らないうちに、あなたが何も食べ物に困らないように、自らの命を差し出しました。

その事実を知る人間は、イーハトーブにはいません。

あなたは、そんなことは知らない。知りようがない。いっさい術《すべ》がない。

あなたは、だから、知らない人に感謝します。

知らないことのために、今、祈ります。

初出

二つの「はじめに説明したいこと」　書下ろし

以下、いずれも文芸誌「ＭＯＮＫＥＹ」に掲載
（惑星等の名前は単行本への収録にあたり新しく加えた）

海王星　「銀河鉄道の夜」の夜　vol.5（２０１５年２月）
天王星　なめとこ山の熊　vol.1（２０１３年10月）
土星　風の又三郎たち　vol.9（２０１６年６月）
木星　鉄道のない「銀河　　の夜」　vol.7（２０１５年10月）
火星　詩篇「春と修羅」　vol.3（２０１４年６月）
地球　戯曲「饑《き》餓《が》陣営」　vol.2（２０１４年２月）
金星　狂言鑑賞記「セロ弾きのゴーシュ」　vol.8（２０１６年２月）
水星　土神ときつね　vol.4（２０１４年10月）
太陽　グスコーブドリの伝記　魔の一千枚
序　vol.10（２０１６年10月）
再話論　vol.11（２０１７年２月）
兄妹論　vol.12（２０１７年６月）
飢餓論　vol.13（２０１７年10月）
化物論　vol.14（２０１８年２月）
音楽論　vol.15（２０１８年６月）
科学論／天災論／自伝論／殉難論　vol.16（２０１８年10月）

古川日出男（ふるかわ・ひでお）

一九六六年、福島県生まれ。九八年『13』でデビュー。『アラビアの夜の種族』（二〇〇一）で日本推理作家協会賞および日本SF大賞、『LOVE』（二〇〇五）で三島由紀夫賞、『女たち三百人の裏切りの書』（二〇一五）で野間文芸新人賞および読売文学賞を受賞。『平家物語』の現代語訳も手がけ、戯曲『冬眠する熊に添い寝してごらん』ならびに「ローマ帝国の三島由紀夫」は岸田賞の候補となった。他の作品に『聖家族』『馬たちよ、それでも光は無垢で』『ミライミライ』など。アメリカ、フランス、イギリス等、海外での評価も高い。『ミライミライ』の登場人物・三田村真（DJ産土）により編集されたアンソロジー『とても短い長い歳月　THE PORTABLE FURUKAWA』が二〇一八年に刊行された。

グスコーブドリの太陽系《たいようけい》
宮沢賢治《みやざわけんじ》リサイタル&リミックス

著者
古川日出男《ふるかわひでお》

発行
2019年7月25日

発行者 佐藤隆信
発行所 株式会社新潮社
〒162-8711 東京都新宿区矢来町71
電話 編集部 03-3266-5411
読者係 03-3266-5111
https://www.shinchosha.co.jp

印刷所
株式会社光邦
製本所
加藤製本株式会社

乱丁・落丁本は、ご面倒ですが小社読者係宛お送り下さい。
送料小社負担にてお取替えいたします。
価格はカバーに表示してあります。

ISBN978-4-10-306078-9 C0093

馬たちよ、それでも光は無垢で

古川日出男

そこへ行け。震災から一月、福島県に生まれた作家は浜通りをめざす。被災、被曝、馬たちよ！ 目にする現実とかつて描いた東北が共鳴する、祈りと再生の長編小説。

ドッグマザー

古川日出男

僕はここ京都で聖家族を作る。大震災後のひびが入った世界で。前世を売る謎めいた「教団」の闇の中で。ポスト3・11の新たな想像力が爆発する、三部作長編小説。

冬眠する熊に添い寝してごらん

古川日出男

秘められた掟を生きる兄弟と、呪われし出自をまとう女が交わるとき、血の宿命は百年を超えて彼らを撃ち抜く——。蜷川幸雄へ書下ろす、小説家の豊饒なる長篇戯曲！

女たち三百人の裏切りの書

古川日出男

死して百有余年、怨霊として甦った紫式部が、本ものの宇治十帖を語り出す。海賊たち、武士たち、孤島の異族たちが集結して結晶する、《古川日出男版》源氏物語。

ミライミライ

古川日出男

北海道で抗ソ組織を率いたゲリラの物語と、インドとの連邦国家となった日本で生れ世界を魅了したヒップホップグループの物語が交錯する壮大な青春・音楽・歴史小説。

宮沢賢治の真実
修羅を生きた詩人

今野　勉

同性に恋焦がれ、己を「けだもの」と称した詩人は、最愛の妹の胸中を知り、修羅と化した——。比類なき調査と謎解きの連続で賢治像を一変させる圧巻の書。